Den hvide ræv

Cecilie Reckendorff

Den hvide ræv

Forlag: Books on Demand GmbH - København, Danmark
Fremstilling: Books on Demand GmbH - Norderstedt, Tyskland
Bogen er fremstillet efter on-Demand-proces

ISBN 978-87-7114-837-4

Prolog

En pige og en dreng mødes. Det sker ofte. De siger noget til hinanden. Det sker ofte. De følges ad. Det sker ofte. Denne her pige løftede sin hånd og pegede en kridhvid ræv ud nede på marken. Det måtte betyde et eller andet.

Kapitel 1

Jasper havde allerede vidst det. Hans far havde været en af de allermest kontroversielle deltagere i sin tid. Var det stadig i nogen grad, men folk var begyndt at miste interessen for ham på grund af hans alder. Hans ellers så kønne ansigt var begyndt at forsvinde i rynker. Mange rynker. Unaturligt mange.

Brevet blev smidt på gulvet. Jasper satte sig hen til søsterens seng. Det lille bryst løftede og sænkede sig. Gyldne krøller hvirvlede om hovedpuden og hans hånd aede hendes kind, hvilket gjorde at hendes øjne sprang op. Først i chok, så lettelse.

"Undskyld, at jeg vækkede dig," sagde han.

"Det er fint nok." Hun blinkede hurtigt, så hendes øjenvipper lignede lyse fjer. Han ville ønske, de lignede hø. Hun varslede alt for meget om den samme fremtid som hans, hvilket virkede helt absurd, da hun kun var elleve år. "Du ser ikke okay ud."

"Jeg ville ikke vække dig."

"Er du okay?"

Han sank. "Jeg har det vel fint."

"Er far kommet hjem?"

"Han kommer først hjem om en uge. De er stadig ved at optage," svarede Jasper og så ned på sine hænder.

"Hvad laver du så her?" spurgte hun. "Far siger, at vi ikke må gå for sent i seng,"

Sengen var blød, og det føltes, som om den ville sluge ham.

Hendes seng var den blødeste i hele huset. Han tænkte nogle gange over, om det betød noget. "Jeg kan ikke sove. Er det okay, hvis jeg går en tur?"

"Det er mørkt," mumlede hun, med en søvnig stemme.

"Der sker ikke noget."

"Det er *meget* mørkt."

"Rolig nu, Carella. Jeg lover, at jeg snart kommer tilbage. Okay?" Hun nikkede, og han lagde mærke til et søvnkorn i hendes øje. "Bare sov imens. Du skal ikke være bekymret, jeg …"

"… klarer mig jo altid," færdiggjorde Carella hans sætning. "Det er okay, så. Du må gerne gå."

Det gik op for Jasper, mens han bevægede sig igennem det lumske kvarter, at han kun havde været der én gang før. Fru Perez havde smækket døren i hovedet på ham og skreget, at han skulle holde sig væk fra hendes datter. Man skulle tro, det var omvendt, men han forstod hende godt.

Byen stod i kontrast til alt det, han kendte, men han kunne alligevel bedre forholde sig til duften af træ og jord. Der var alt for oset i den pænere del af byen.

Jasper fandt det skur, hvor der med skæve tal stod 459. Han bankede hårdt på døren og løb om bag skuret med hovedet fremme fra de rådne brædder. En hårtot, fra den pige, der netop var trådt ud ad døren, blev fanget i vinden. Den så sort ud, men den burde være rødbrun. Natten gjorde alt sort.

"Er der nogen?" Det var hende. Den hårde klang i hendes stemme var svær at efterligne.

"Hey," hviskede Jasper. Hun så hen imod stedet, hvor han sad. Tøvende. "Riley, det er mig. Vi bliver nødt til at snakke."

Riley sukkede, men gik alligevel hen ved siden af ham. Tæppet sad stramt om hendes krop og dækkede det meste af den hvide natkjole.

"Du er vanvittig. Ved du, hvad klokken er? Vi er *faktisk* nogle, der skal i skole i morgen. Du er fand'me heldig, at det ikke var min mor, der fandt dig, hun havde …"

Han rakte brevet hen til hende, og hun tog imod det. Hun hvæste og rystede på hovedet af ham. "Er det meningen, jeg skal kunne læse det her? Klokken er tre om natten, for helvede."

"Du ved godt, hvad det er, hvis du tænker dig om."

"Er det indkaldelsen?"

"Ja." Jasper ventede på, at hun skulle sige noget. Bare et eller andet. "Det måtte jo komme på et eller andet tidspunkt."

"Fuck," mumlede Riley. Slog hånden ned i jorden og lukkede øjnene.

"Jeg syntes bare, at du skulle vide det. De kommer og henter mig i morgen, for de er åbenbart ikke store fans af lange farvelscener. I hvert fald ikke i den virkelige verden."

"Giv mig lige to sekunder, så kommer jeg tilbage." Der lød skridt og en ramlen fra døren. Inde fra skuret trængte der lys ud, og han kunne svagt høre to stemmer, som måtte være fra Riley og hendes mor. Kort efter kom hun ud igen, denne gang med bukser på også.

"Hvad sagde du til hende?" spurgte han.

"Det er lige meget. Vi må hellere komme af sted, hvis vi skal nå derned, inden det bliver lyst." Han lavede en svag trækning i mundvigen og fulgte efter hende. "Derned" havde altid kun været et sted, ligesom hjemme også kun var et sted, uanset hvor de ville tage ham hen.

De snakkede ikke om brevet hele vejen derned, men om skolen, familien, hans far. Han havde ikke lyst til at snakke om det, men det virkede, som om hun havde endnu mindre lyst til det. Han kunne ikke lade være med at tænke, at det var en smule selvisk.

De kom til de forladte togskinner, der strakte sig så langt, at de endnu ikke havde fundet enden på dem. Der var næsten aldrig nogen her, bortset fra dem. Det gjorde det til det perfekte sted.

Riley samlede nogle brombær langs vejen, og hendes hånd strejfede en torn. Det varme blod silede ned ad hendes finger. Hun tog sig ikke af det og lagde nogle bær i hans hånd.

"Du får sikkert travlt, når du kommer derned," sagde hun endelig.

"Jeg kommer tilbage."

"Og du finder sgu sikkert også nye venner dernede."

"Og jeg kommer sgu sikkert også tilbage," beroligede Jasper hende.

7

"Piger overalt."

"De laver ikke andet end at skabe sig den slags steder. Det er ret ynkeligt."

"Du forandrer dig nok også," sagde hun.

Han kunne ikke svare på det. Det var det eneste, han ikke havde noget modsvar til. Selvfølgelig ville han forandre sig. Alt ville. "Du har fand'me også bare at komme tilbage," sagde hun og proppede brombær i munden. Han smilede.

"Og du har bare at være her."

"Som om jeg kunne komme væk herfra," fnyste hun.

"Det er nogle gange bedre. De fleste veje væk herfra fører til helvede."

"Det har du nok ret i," medgav hun og rømmede sig. "Jeg prøver lige at se, om jeg kan finde nogle hindbær på en af de inderste buske. Du kan bare vente her."

Hendes skridt gav genlyd. Han havde været vant til dem de sidste fem år og havde svært ved at forstå, at han skulle til at vænne sig af med de daglige ture på togskinnerne. Et flash af hvidt stødte mod hans øjne. Det var månen, der genspejlede sig i søen, som man kunne se langt væk bag skinnerne. Han kunne også se markerne i den mørke dis, der fik et svagt smil frem.

Dybe vejrtrækninger kom bagfra, og Jasper vendte sig om. Månelyset oplyste halvt hendes ansigt. Hendes læber var mørke af brombærsaft, hendes øjenbryn pjuskede og hendes hår rodet. Han så ned på hendes hænder. De var tomme.

"Du tog af sted i morgen, ikke?" spurgte Riley.

"Jo. I morgen." Hans stemme var hæs.

Hun tog sit hår om bag øret. "Må jeg prøve noget?"

"Okay."

Hun gik han imod ham og lagde begge hænder om hans hals. De rystede, og hendes hud var ru. Hun åndede over hans læber og stødte ind i hans næse. Hvis det havde været lyst, ville han kunne se hende rødme. Hun drejede hovedet og kyssede ham. Hendes læber var bløde og smagte af brombær. Hænderne rystede hårdere imod hans hals. Kysset var blødt og mindede mere om et malplaceret kindkys, der havde låst sig fast. Det var akavet. Mærkeligt. Ægte.

Hans hænder bevægede sig ned imod hendes hofter, og hun trak sig brat tilbage. Han gav slip på hende.

"Farvel, Jasper."

Han prøvede at lade være med at se efter hende, som hun gik. Luften var kold. Der sad et lille mærke på hans hals. Så lille, man næsten kunne narres til at tro, at den ikke var der, men den var der. Den var der helt sikkert.

Kapitel 2

2 år senere.

Det var en lun sommeraften. Jaspers hænder holdt stramt om en buket roser, og tornene skar sig ind i hans fingre. Hans mørkebrune hår var blevet sat til at se oprørsk og drenget ud. Huden havde en lysebrun tone, og der var ikke en fejl at se på hans ansigt. De få, der endelig var, blev selvfølgelig straks dækket til. Øjnene var mørkebrune med store pupiller, og under den sorte blazer kunne man fornemme hans muskuløse bygning. Bukserne var også sorte og havde store huller, der passede godt til hans image. Han var ikke perfekt. Han var mere end det.

Øen, han stod på, var omgivet af vand. Træet, han stod under, havde grene, hvorfra nogle lyserøde blomster hang i en lang bane. Det lignede små englevinger, der prøvede at nå hans skuldre.

Hæle klikkede fra broen, der skilte den rigtige verden fra den lille ø. Lyden kom fra en pige i en rød kjole, der snoede sig om hendes krop, og hvis sorte hår var spærret inde i en fransk fletning. Hun smilede til ham. Han trak sin mundvig op og så nervøs ud.

Blomsterbuketten blev lagt på et enbenet bord med små hjerter indgraveret hele vejen ned langs benet. De omfavnede hinanden og flettede hænderne sammen.

"Jeg er så nervøs." Hendes stemme knækkede over, og hun så ham intenst i øjnene. Så intenst, at det virkede, som om hun ville trække hans sjæl ud.

"Du ser godt ud, Maddie," sagde han. Hun smilede. Alle tænderne var hvide og symmetriske.

"Tak," sagde Maddie og rødmede. "Jeg er så glad for, at du gav mig en chance, og jeg havde virkelig ikke forventet, at jeg ville blive så glad for dig. Det eneste sted, jeg havde set dig før, var igennem tv, og du virkede altid så arrogant og ligeglad, men du har virkelig et stort hjerte. Jeg havde aldrig nogensinde troet, jeg ville blive så glad for dig. Så forelsket i dig."

"Det har været hårdt, men jeg er også glad for at jeg har beholdt dig." Hun førte hans hånd op til sit bryst. De tynde ben rystede som et par stylter, der ikke kunne finde deres plads. "Mit hjerte banker så hurtigt. Kun for dig."

Maddie smilede, og så bedende på ham under de lange, sorte øjenvipper.

"Den første aften, vi havde sammen her i huset, var speciel. Der var tredive piger, og du var en af de allerførste, jeg lagde mærke til. Du var så charmerende, ligetil og smuk. Uanset hvad vi laver sammen, er det altid sjovt og nemt. Jeg tror allerede, jeg vidste lige fra starten af, at du blev nødt til at blive en af de sidste piger, der stod tilbage."

"En af de sidste to," tilføjede hun.

Jasper gik et skridt tættere på hende og lagde hånden om hendes nakke. "Er du sikker?"

Næserne strejfede hinanden. "Selvfølgelig."

"Helt, helt sikker?"

"Hvad snakker du om?"

Han kyssede hende blidt og trak hende ind til sig. Fuglene sang i baggrunden. "Jeg vælger selvfølgelig dig. "

"Mener du det?"

Han lagde hånden på hendes kind og aede den. "Jeg elsker dig."

"Jeg elsker også dig. Meget, meget højt." Deres læber mødtes igen.

Et par nye hæle begyndte at klikke fra broen. Pigen havde krøllet, lyst hår, der svingede omkring hendes talje, og en kjole med et blomsterprint på. Læberne var røde, og øjenvipperne var så lange, at de små fjer fra spidsen af dem hilste på hendes kinder ved hvert blink. Ved siden af hende gik der er en mand i jakkesæt og med lysebrunt hår. Hans navn var Juan Black, og han var værten.

Jasper og Maddie stoppede deres kys og så på de skikkelser, der nærmede sig. Maddies mund stod let åben, og hun bøjede hovedet, imens hun holdt fast i Jasper, selv da pigen og Black stod foran dem. "Tillykke, Maddie, du er den sidste pige, der står tilbage, og vinderen af Jaspers hjerte. Indtil videre. Jeg formoder ikke, at jeg behøver præsentere den yndige unge dame for nogen af jer."

"Nej, desværre," sagde Maddie med sammenbidte tænder.

"Grace, hvis du ville være så venlig at sige, hvorfor du er her," sagde Black henvendt til den lyshårede pige. Hendes øjne løb mod Jasper.

"Jeg er her, fordi jeg gerne vil give Jasper en chance til, og fordi jeg ved, at jeg er den rigtige for ham. Vi har været sammen og slået op igen igennem de sidste to år, så jeg synes, det er på tide, vi holder op med at lege idioter og indser, at vi er perfekte for hinanden. Jeg er her, fordi jeg vil have ham en gang for alle."

"Offensivt, kæreste. Det kan jeg lide!" sagde Black og ruskede i hendes skulder. "Maddie, hvis du vil være så venlig at komme herhen."

"Men jeg har lige …"

Black lo af hende, mens hans hånd bølgende bevægede sig. "Det er kun fair, at vi lader kærligheden sejre i sidste ende. Kom, kom."

Maddie stillede sig hen ved siden af Black, som smilede ind i kameraet. "Her har vi det så, kæreste seere. To skønne, skønne piger er her stadig, og de vil i morgen rivalisere om deres drømmemand. Kløerne vil helt sikkert komme frem nu, hvor Jasper vil træffe sit endelige valg. Det her vil I ikke gå glip af. Det er den mørkhårede imod den lyshårede, det nye imod det gamle, Grace mod Maddie. *Alt* er på spidsen." Black blinkede, og Jaspers blik forsvandt i forvirring, fortvivlelse, ømhed og det lille snert af arrogance, som gjorde ham så populær.

"Og cut!" råbte instruktøren, en mand med en manke af lyst hår og et lille fipskæg. "Udmærket præstation i dag, alle sammen. Jeg

sender manuskripterne for i morgen ned til jer klokken syv, når vi har fået fat i seernes meningsmålinger. Lær dem udenad, og arbejd på jeres mimik. Jeg vil se hele verden græde over jeres præstation, fordi den er så ægte. "
Stemmen fadede ud i baggrunden for Jasper, imens han gik over broen. En cigaret hang i hans mundvig. Han satte ild til spidsen af den og sugede røgen ned i lungerne, som var det luft for en druknende. Hvis bare jeg kunne svømme over i stedet for, tænkte han, men tøjet måtte ikke gå i stykker.
"Bagefter ... øhm, bagefter kommer vi hjem, ikke?" spurgte Maddie. Det var hendes allerførste program."Altså, når vi er færdige med at optage."
"Jo. Bagefter kommer I hjem."
Jasper fnyste og rystede på hovedet. Da han så ned, opdagede han at hans hænder blødte en smule, fordi han havde holdt så hårdt om den sidste rose.

Kapitel 3

"Du ligner en, der er på vej til at dø," sagde Grace og satte sig på hans seng. Baner af lyst hår bølgede ned fra hendes hoved.
"Du ligner en, der er på vej til karneval," svarede han.
"For meget?" sagde Grace og så ned ad kjolen med de store, lilla blomster klistret på. Hun pillede ved sine hænder.
"Nej, du forstår *virkelig* at være diskret." Han tog et sug af cigarettens hoved. "Og blomsterne er slet ikke uoriginale. Jeg vidste ikke, at du kunne lide blomster."
"Det er ikke mig, der har lavet den, Jasper."
"Nej, men det er dig, der tager dem på, igen og igen og igen."
"Du gør det igen."
"Hvad?" vrissede han.
"Du bliver det indbildske fjols, du skal forestille at spille og ikke være."
"Alle tror alligevel, at jeg er det, for ingen ved, at alt det her

er skuespil. De tror, vi er sådan, så hvad fanden er forskellen?" spurgte han.

"Bare fordi de tror, vi er sådan, betyder det ikke, vi behøver være sådan. Jeg behøver heller ikke at være en lille, forvirret blomsterpige." Hun tog ham i hånden.

"Men det er jo det, du er?" sagde han spørgende. Hun lagde hovedet mod hans skulder og han rykkede sig ikke.

"Jeg er i hvert fald ikke, hvem end jeg spiller."

"Sikker?"

"Selvfølgelig," sukkede hun.

"Jeg tror, at du er præcis den, du spiller."

"Altid?" Hun så ham i øjnene, og han vidste præcis, hvilken del af alt det her, hun tænkte på. Den del, de aldrig snakkede om.

"Måske." Hun rejste sig op, men stoppede op på dørtærsklen og så tilbage.

"Du har virkelig, virkelig brug for at komme hjem!" Hun smækkede med døren. For første gang gav han hende ret.

Første optagelse var en tur på stranden. Jasper lagde sine arme om Maddie og hviskede til hende. Et løfte.

Anden optagelse var en picnic i skoven. Jasper holdt Graces hånd og snakkede til hende. Et løfte.

Det meste af dagen forsvandt i optagelse af voice-overs. Han øvede sig foran spejlet på at være så følelsesløs, at han kunne vise følelser. Skåret glitrede i solen. Han havde ikke brug for øvelse.

Dagens sidste scene var valget. Han tog selvfølgelig den hånd, han altid tog og valgte Grace. Det lyse hår strejfede hans skuldre til lyden af falske hulk, som efter hans mening viste, at Maddie stadig var en amatør til det her. Folk elskede eventyr. *"Der var engang en gadedreng og en blomsterpige ... og så levede de lykkeligt til deres dages ende."* De trak hver artikel, hvert kys og hvert ord til sig. Puttede det ned i deres lomme, som var det deres. Eventyret var bare som et bånd, der havde sat sig fast.. *"De levede lykkeligt ... Ulykkeligt ... Lykkeligt ... Ulykkeligt ... Lykkeligt ... Ulykkeligt ... Lykkeligt ... (U)lykkeligt til deres dagens ende."* Men det skulle være sådan, ellers ville det blive kedeligt.

"Sammen igen, hva'?" Grace kyssede hans kind og foldede hænderne bag hans nakke.

"Ja. Sammen."

En stor, gul mark kastede sin atmosfære op imod togvinduet. Et aftryk af hans ånde satte sig på vinduet. Jasper elskede, når naturen begyndte at komme tilbage. Det gjorde ham sikker på, der ikke var særlig langt til hans by. Toget holdt stille.

"Har du ikke i det mindste tænkt dig at sige farvel? Vi ses? Et eller andet?" Grace havde en sort top på og var nøgen i ansigtet. Han syntes det klædte hende.

Jasper rejste sig og krammede hende. "Pas på dig selv, ikke?" sagde han gennem hendes hår. Det stank af parfume.

"Er det ikke mig, der burde sige det?" Han trak hovedet tilbage og lagde det på skrå med sammentrukne øjenbryn.

Hun trak på skulderne. Blinkede flimrende. "Jeg har bare ... ja, på fornemmelsen, at du har mere brug for det end mig."

"Hvad skal det lige betyde?" spurgte han.

"Bare pas på dig selv. "

Han kneb øjnene sammen. "Det skal jeg nok, tågesnakker."

Døren til toget åbnede sig, og Grace hoppede ud. Imellem fliserne var der en mælkebøtte, som hun trådte ned, da hun løb mod sin families arme. Det var tydeligt, at hun var den første generation i sin familie, der var blevet udtaget til at være reality-deltager.

Da Jasper ankom en time senere, var det kun hans lillesøster Carella, der stod og ventede på ham. Hun var blevet så voksen, selvom hun stadig kun var tretten år. Hendes læber var skrigende røde, og over øjenvipperne havde hun lavet en sort kant. Hun var stadig så lille i hans arme, og hun blev der i længere tid, end hun havde behøvet.

"Jeg er glad for, at du er hjemme igen."

"Det er jeg også." Jasper så underligt på hende. "Du bliver nødt til at tage alt det der stads af dit ansigt."

"Hvad?" Hendes underlæbe rystede.

"Du ser helt forkert ud, så tag det af."

"De andre siger, at det klæder mig."

"Nå. De andre tager fejl."

Resten af vejen hjem var de stille. Armene hang akavet langs siderne, og Jasper havde lyst til at skrige af hende hele vejen hjem, selvom han ikke havde nogen grund til det. I huset tjekkede han først sit værelse, så køkkenet, stuen, gæsteværelset og toilettet. Han tjekkede også gangene, hans fars værelse og kælderen. I kælderen blev han siddende og stirrede ud i luften. Det var svært at finde ud af, om han ledte efter Riley eller sig selv.

"Er du okay?" Carella stod i døren med armene foldet under brystet. Hendes læber var lyserøde.

"Jaja, jeg har det fint."

Hun satte sig ned ved siden af ham og støttede hovedet på hans arm. "Hvis du har brug nogen at være sur på, må du gerne skælde mig mere ud på grund af det med læbestiften."

"Undskyld, at jeg blev så sur. Jeg ved godt, du bare prøver, at du er ved at blive stor, og at …"

"Og jeg ved godt, at det her er kompliceret, så jeg er ligeglad." Hun smilede og klappede hans knæ. "Hvis bare jeg får min bror tilbage, må du skrige alt det af mig, du vil."

Han rejste sig og rakte hånden ud for at hjælpe hende op. "Jeg skal nok prøve at se, om jeg kan finde ham til dig."

Efter at han havde fulgt hende ind på hendes værelse og puttet dynen om hende, sang han for hende. Han kunne ikke finde ud af, om hun var blevet for gammel til det, endnu en ulempe ved næsten aldrig at være hjemme. Hun lyttede da i hvert fald. Det måtte være et godt tegn.

"Der findes et land med alfer og feer,
Netop det sted hvor alting sker,
Der smiles, hoppes og suses af sted,
Der ventes på, at du tager med.

Alle børn tager sutskoene på,
Og gør nu det, de ikke må,
De flyver, danser, de rutsjer af sted,
De er verdens centrum, kom og vær med.

Hvordan, hvordan kommer jeg derhen?
spørger du sikkert, min fine ven.
Lad mig svare dig med disse ord:
Du lukker øjnene, og alt bli'r sort."

Huset blev tjekket igennem en sidste gang, inden han lagde sig i sin egen seng. Der var ingen bylarm derude. Hvor absurd, tænkte han for sig selv og tænkte bagefter på, hvor absurd det var, at han syntes, mangel på larm var absurd. Det lignede ham slet ikke. Han tænkte på Riley igen. Hun kom og gik, som hun havde lyst, men hun var den slags pige. Han hadede måden, hun var så på ham nu, som om han var et urent væsen, hun ikke forstod.

Der var underlige ting ved hende, som han var begyndt at lægge mærke til. Hun havde tre øjenvipper i midten, som var lysere end de andre, et lille modermærke ved sin hofte, som han havde set, en dag hun strakte sig, og hun havde små hænder, der slet ikke passede til resten af hendes krop.

En af de samtaler, de havde haft, lige inden han tog af sted sidste gang, genspillede sig i hans hoved. Han kunne ikke finde en mimik, der passede til.

"Hvordan tror du, det ville være, hvis jeg aldrig var blevet udvalgt?"

"Hvad mener du?"

"Det, jeg siger. Hvordan tror du, alting ville være?"

"Sikkert, som det var før."

"Præcis som det var før?"

"Hvordan skulle jeg kunne svare på det? Du blev udvalgt."

"Hvad tror du, at vi ville lave?"

"Sikkert være ude at plukke brombær."

"Havde du nogensinde kysset mig, hvis jeg ikke var blevet valgt?"

Hele hendes krop var stivnet. "Du blev valgt."

"Hvad hvis jeg ikke var blevet valgt?"

"Men det gjorde du jo, din idiot."

"Vi snakker hypotetisk nu."

"Jeg er fuldstændig ligeglad med, hvad vi snakker. Hvorfor tager du overhovedet det her emne op?"

"Jeg tænker bare nogle gange over det."

"Ja, også mig." Han kunne ikke huske, om hun havde smilet eller ej og det irriterede ham. *"Men det er ligegyldigt nu."*

Kapitel 4

Lyset stod tændt i køkkenet, og Jasper listede sig ind. Riley sad på køkkengulvet op ad et skab med vådt hår og en sort hættetrøje der klamrede sig til hendes krop. Hendes ansigt var udhungret, og han kunne se på hende, at hun havde tabt sig endnu mere, siden han sidst var hjemme. Udenfor var der sort.

"Hej."

Blikket løftede sig, og Rileys øjne var udtryksløse. "Hej."

Han satte sig ved af hende og stirrede lige ud i luften.

"Du var fand'me længe om at komme den her gang," mumlede han.

"Jeg havde nogle ting, jeg skulle ordne."

Fra siden kunne han se, hvordan regnen havde malet hendes kinder røde. Grenene raslede mod vinduesglasset.

"Får du ikke noget at spise for tiden?"

"Mor er blevet fyret fra fabrikken, fordi hun var blevet for langsom." Hendes læber rystede, men hun bed dem sammen. "Jeg har prøvet at få et job, men der er ingen."

"Hvorfor kunne I ikke bare låne nogle penge af os? Vi ville ikke engang lægge mærke til, at nogle af dem var væk."

"Jeg kan ikke købes," sagde hun og så vredt på ham. "Jeg er altså ikke en ting."

"Hvornår har jeg nogensinde sagt, at du var det?"

"Min mor ville heller ikke tage imod dine penge, hun hader alt det, jeres familie står for. Jeg bliver stadig nødt til at lyve for hende, hver gang jeg skal besøge dig."

"Din mor er alt for stolt," sagde Jasper.

"Måske, men jeg bebrejder hende fand'me ikke."

Han rejste sig op, hev mad ud af køleskabet og lagde det i en plasticpose.

"Var det slemt den her gang?" spurgte hun.

Jasper stoppede op. Havde lyst til at se arrigt på hende, men kunne ikke få sig selv til det. "Jeg har aldrig prøvet en gang, hvor det ikke var slemt."

"Hvor mange var du sammen med den her gang?"

Han rakte hende et æble og posen med mad. "Standarden, tror jeg."

"Og hvad er denne såkaldte standard så?" Hun tog en bid af æblet. Saften løb ned ad hendes hage.

"Har du virkelig brug for at vide det?"

Hun rystede på hovedet, så det våde hår svingede mod hendes trøje. "Undskyld. Jeg prøvede bare et øjeblik at få alting til at være som før, hvor vi fortalte hinanden alt. Det var åbenbart meget forfærdeligt."

"Vi havde ikke så meget at skjule før."

"Lad være med at blande mig ind i det," sagde hun. "Jeg har stadig intet at skjule."

"Det har jeg egentlig heller ikke. Jeg prøver bare at passe på dig."

"Jeg *hader* at blive passet på," hvæsede hun.

"Det ved jeg, du gør, men nogle gange bliver man bare nødt til det." Han så ned på posen med mad imellem dem. Hun rullede med øjnene, tog den i hænderne og rejste sig.

"Jeg bliver nødt til at gå nu, mor bliver bekymret, hvis hun vågner, og jeg ikke er der," sagde Riley og satte kurs imod døren.

"Hey! Hvad med et velkommen-hjem-det-er-godt-at-se-dig-kram?" spurgte han. Hun sukkede og vendte mod ham.

"Jeg er våd." Hun tog fat om en hårtot og dinglende den frem og tilbage som et eksempel.

"Og jeg er ligeglad." Han løftede armene og bevægede pegefingeren som tegn på, at hun skulle komme. Posen blev lagt på gulvet, og hun lagde armene omkring ham. Den bekendte duft af jord ramte ham.

"Du er pisseirriterende," mumlede hun.

"Tak. Jeg har også savnet dig." Han smilede. "Du kommer tilbage i morgen, ikke?"

"Jo."

18

"I morgen tidlig?"

Hun vred sig ud af hans arme, imens hun mumlede "Okay".

"Lov mig, at du kommer forbi tidligt, i stedet for de der halve svar."

"Jeg skal prøve," sagde hun og gik. Døren smækkede.

Der lå et brev til ham på dørmåtten, da Jasper vågnede næste dag. Han ignorerede det og begyndte at lave pandekager. Duften dansede sig rundt i huset, og han dækkede bord. Til tre.

"Har du set det her?" spurgte Carella og holdt brevet op.

Han rystede på hovedet. Tændte en smøg og vippede den i mundvigen, imens han vendte pandekagen.

"Skal jeg åbne det?"

Han trak på skulderen og kunne høre papiret blive revet op. Han så på Carella, imens hun læste det, og prøvede at bedømme hendes reaktion.

"Nå?" spurgte han.

"Du skal åbenbart ud at shoppe med Grace på tirsdag, så I kan få taget nogle billeder sammen til pressen."

"Hmm. Det er vel ikke det værste."

"Nej, det er det vel ikke." Carella lagde brevet på køkkenbordet og satte sig på stolen ved det dækkede bord. Hun så ned på sine negle. "Kommer Riley, eller hvad?"

"Det burde hun," svarede han og så hen mod døren. Den skulede tilbage.

Han tog sig ikke af det, da Riley ikke nåede morgenmaden. Heller ikke, da hun ikke var dukket op omkring middag. Det var jo trods alt Riley. Det var først, da han begyndte at høre folk rumstere omkring deres hus, at han blev urolig. Byen var normalt så stille.

Carella og Jasper sluttede sig til mængden af mennesker udenfor. Det første, der slog ham, var, at alle i folkemængden var klædt pænt på, og at de fleste husstande var på vej ned mod bycentrummet. Nogle buddrenge løb fra dør til dør. Det kunne kun betyde én ting. Nogen havde brudt reglerne og nogle andre var lige nu i gang med at slibe øksen ordentligt til.

Hans hænder begyndte at ryste. Så dum er hun altså ikke, gentog han for sig selv.

Carella løb hen til deres nabo fru Harris og kom tilbage nogle minutter efter.

"Der er åbenbart en pige fra slummen, der har krænket kvarterlederen, så de hugger hovedet af hende her om en time nede på pladsen. Vi bliver nok nødt til at skifte tøj og gå derned, selvom jeg had..." Carella stoppede brat op og fulgte Jasper med blikket, mens han løb hen mod den anden ende af kvarteret. "Lad nu være, Jasper! Det ville Riley aldrig gøre!"

Vinden rev hans hår tilbage, og han møvede sig ind imellem menneskerne. Jo tættere han kom på hendes hus, des mindre stadset op var folk. Han bankede hårdt på døren og råbte efter Riley, men der var intet svar. Døren var ikke låst, og han gik ind i det lille skur, de boede i. Han havde aldrig været der før. Der var næsten ingenting i det første rum, til gengæld stank det forfærdeligt, og der var rotteekskrementer overalt.

"Riley?" kaldte han igen. Intet svar.

På toilettet, eller rummet med hullet, lå der en kniv, og under den var der en bunke af hår. Han samlede dem op og stirrede på totterne. Rødbrune. De gled ud af hans hænder.

"Riley! Hvor fanden er du?!"

Han gik tilbage til det forrige rum, og fortsatte ind i sovekammeret. Der hang et tyndt gardin for at adskille rummene. En skarp lugt af blod kastede sig mod ham. Han måtte holde fast om væggen, men trak hurtigt hånden tilbage. Den glinsede i den røde farve. Gulvet var smurt ind i det, og på sengen lå Fru Perez med et blegt ansigt. Hendes natkjole var også blodig, og hendes hænder samlede sig omkring en grøn blomst, som han vidste var ukrudt. Han havde kun mødt hende én gang før, hvor hun havde skreget af ham og bedt ham om aldrig at nærme sig dem mere. Én gang, og så stod han nu med hendes blod på fingrene. Det virkede for bizart. Han havde lyst til at brække sig ud over gulvet, men holdt det i sig, til han var kommet uden for huset igen. Han kunne ikke få vejret. Det var, som om hans egen krop prøvede at rense sig for oplevelsen. Han tørrede sig om munden.

Bypladsen. Om en time, havde fru Harris sagt. En pige fra slummen.

Gruset hvirvlede om ham, mens han løb. Folkene omkring ham stirrede. Ikke fordi de vidste, hvem han var, hvor skulle den slags mennesker få penge fra til at købe programmerne, som han var med i? Det var hans tøj. Pænt og nystrøget, i kontrast til alt det andet, som den del af kvarteret repræsenterede.

I det fjerne kunne han se bødlens skikkelse stå klar, hævet over jorden, så alle kunne se ham i den store menneskemængde. De ventede alle sammen bare på, at pigen skulle komme. Han vidste ikke, hvor de holdt forbryderne indtil halshugningen, men var klar over, at det var altafgørende at finde ud af. Han kunne mærke det indtørrede blod skære sig ind i fingrene. Det var håbløst.

Kapitel 5

"Undskyld mig, De ved ikke tilfældigvis, hvilken pige det er, der skal halshugges?" "Ved De, hvor kvarterlederen er?" "Hvor plejer forbryderen at være før henrettelsen?" "Hvad er det, hun har gjort?" "Er hun ung?" "Kvarterlederen kommer da, ikke?" "Det ved jeg sgu da godt, men hvordan kommer de op derfra?" "Hvorfor venter de ikke, til de kan holde et rigsråd?" "Det kan de aldrig vide!" "Hvorfor fanden gør de overhovedet det her?"

Sveden glinsede på hans pande. Han havde ikke længere styr på, hvem han talte med, eller hvad det egentlig var, han troede, han kunne få ud af det. Hans hænder rystede. Lidt fra ham stod en pige med mørkeblondt, krøllet hår og en stor, gul sweater. Hun lignede en, der prøvede at svømme væk i sin trøje til et sted, hvor man slet ikke behøvede store trøjer. Benene var smalle, og hun havde store mærker ned ad dem. Hun gik også mærkeligt. Selv når hun ikke gik, kunne han se hendes gang for sig. Ikke at andre gik op i den slags. Hun var vel bare endnu et stykke kød fra slummen.

Han begyndte at gå ned til hende. Han vidste ikke, om det var, fordi han reelt troede på, at hun kunne hjælpe, eller fordi han gerne ville have, at hun skulle føle sig som nogen.

"Godmorgen," mumlede hun med sprukne læber.

"Det er eftermiddag, Melissa."

"Godmorgen."

"Må jeg spørge dig om noget?" Hendes nakke var bøjet. "Hvorfor?"

"Det er vigtigt."

"Jeg skylder dig vel," sagde hun og hostede ind i det gule ærme. Det så ud, som om hendes krop var gået i kramper.

"Ved du, hvor de gemmer den, der skal halshugges, inden de starter?"

Melissa bed sig i læben. Hårdt. "De kommer op fra jorden, på den der trappe."

"Jeg er ikke dum, vel? Det vigtige er sgu da, hvordan man kommer derned."

"Vigtighed er relativt."

Hans næver havde lyst til at male hendes kinder røde, også selvom han hadede dem, der gjorde det.

"Ikke altid," svarede Jasper.

"Jo. Altid." Hun hostede igen. Folk stirrede på dem.

"Det er lige meget, det vigtige er …"

"Det er også relativt," afbrød hun ham og lagde hovedet på skrå. "Ligegyldighed, altså."

"Ved du, hvordan man kommer ned under jorden?"

"Jeg ville grave et stort hul, lægge mig ned og få nogen til at dække mig til igen."

Hans blik på hende var stift og summede af opgivelse. "Du laver sjov, ikke?"

"De har allerede lavet et ret stort hul, hvor jeg … du ved … så vi kan være i fred." Hun dækkede munden med sin hånd og holdt en pause. "Men jeg tror ikke, at de lavede det, fordi de ville være under jorden. "

"Den store hule under jorden, hvor forbryderen kommer op? Er det den, du snakker om?"

"Det er en hule ... og det er stort ... så det er nok den store hule, jeg snakker om."

"Hvordan kommer man derned?"

"Der er mange veje," sagde hun og lukkede det ene øje sammen.

"Nej, der er kun en vej ned. Det er der, hvor de holder vagt, for at alle og enhver ikke kommer ind. De fleste ved ikke engang, hvor indgangen er," sukkede han og så op i himlen. Det var meget overskyet.

"Mig og nogle af de andre piger har fundet nogle smutveje ind."

"I ved godt, at de hugger hovedet af jer, hvis det bliver opdaget, ikke?"

"Hvis vi ikke har det sted, fryser vi ihjel, og hvis vi ikke gør vores arbejde, kan vi ikke få mad, og så sulter vi ihjel. Der er sgu mange måder at dø på," svarede hun hæst.

Han vidste ikke, hvad han skulle svare på det. Der fandtes ikke noget rigtigt svar, for det, der foregik, var ikke rigtigt. Til sidst rømmede han sig alligevel og svarede, fordi han var nødt til det.

"Kan du ikke prøve at vise mig indgangen?"

Blikket blev vendt ned. Det var svært at gennemskue hende, nok mest fordi hun aldrig havde fået lov til at gennemskue sig selv. Hun tog fat om hans hånd og begyndte at guide ham tilbage til den fattige del af byen. Hendes hånd føltes som et strejf af kulde, et strejf af ingenting. De var som et blad i en sø, der havde misforstået strømmens henvisninger. Folk stormede fordi dem i den modsatte retning, og de måtte klemme sig igennem for at komme frem.

Stedet, hun snakkede om, lå gemt bag en busk og var dækket til af et brunt klæde, som let kunne forveksles med jord. Pigen så fra side til side, inden hun trak klædet op, så et stort hul kom til syne. Han glippede med øjnene.

"Er det overhovedet sikkert, Melissa?"

"Selvfølgelig ikke," svarede hun med benene på vej ned i hulen. Jasper tøvede ikke med at kravle efter hende. Luften var tæt, men jorden omkring dem virkede fast, og han stolede på, at den ikke ville styrte sammen. Det var et mysterium, hvordan byens prostituerede kunne lave noget så stabilt. Alt kunne åbenbart lade sig gøre, hvis det var drevet nok frem af nødvendighed.

Hans fødder mærkede jorden, og han skubbede sig ud igennem

det sidste stykke. Luften var stadig tung, men det var bedre end vejen ned gennem hullet. Foran ham stod Melissa og stirrede på ham med hovedet på skrå. "Hvorfor var det egentlig, du gerne ville være under jorden?" Han ignorerede hende og prøvede at orientere sig. Foran ham var der mange rækker af små rum, skilt ad af metalvægge. Det lignede det sted, hvor de holdt fanger, hvis forbrydelser ikke havde været så grove, indespærret. Der var bare ingen. Han gættede på, at de havde disse rum klar for en sikkerheds skyld, og fordi det ville være det største tab, hvis de ikke kunne udøve deres magt. Fjernt kunne han høre svage støn. Han så tilbage til Melissa, der stod og viklede håret ind mellem sine fingre med et befippet blik.

"Tak, Melissa. Vi ses," sagde han og løb forbi hende. Det var svært at få overblik, når han vidste, at kælderen var gigantisk.

Han løb ned ad gangen, der var imellem alle de små rum, og som endte ved en høj metaldør. Han sukkede lettet, da han trak håndtaget ned, og døren kunne åbnes. Den førte til endnu en gang, hvor der hele vejen ned var døre magen til den, han lige var trådt ud ad. En muskuløs mand i en sort uniform og med et nøglebundt hængende i sin jakke stoppede op og så mistænksomt på Jasper. Manden lignede en, der forventede, at han ville stikke af. "Jeg beordrer dig til at komme herhen med hænderne i siden, hvor jeg kan se dem!"

Han gjorde, som vagten sagde, og blev lagt i håndjern.

"Alle jer realitybumser tror bare, at I kan gøre, præcis som det passer jer! Du må sgu da være dum, hvis du tror, at du bare kan bryde reglerne, fordi du tror, du er særlig." Det sidste ord sagde vagten med afsky. Jasper havde lyst til at råbe op og tæske vagten, men det ville være selvmord.

"Jeg bliver nødt til at snakke med kvarterlederen, inden I henretter pigen fra slummen. Jeg har et tilbud om forlig til ham."

"Er du overhovedet klar over, hvad den beskidte tøs har gjort? Det ville sgu ikke undre mig, hvis kvarterlederen slet ikke er villig til at gå på kompromis med dommen!"

"Du må i det mindste lade mig gøre et forsøg! Er det ikke en del af loven, at alle skal komme for et råd, så de kan få en fair dom?

Og for at nogen har mulighed for at betale kaution for personens forbrydelser?!" spurgte han. Jernet sled mod hans hænder. "Der er fand'me ikke nogen, der gider betale kaution for dem fra slummen. Desuden er den her forbrydelse så slem, at man sikkert ikke ville kunne." Hans stemme var dyb. Den var nærmest som en hvæsen. "Det kan godt være, men ifølge loven burde jeg få chancen. De har vel ikke lyst til at bryde loven, vel? Det ville sgu ikke se godt ud, hvis vagter også begyndte på det." Vagten så på Jasper, som om han havde lyst til at flå hans hals over, men genvandt så et neutralt udtryk. "Jeg vil prøve at meddele kvarterlederen dit ønske, men jeg tvivler på, at han overhovedet gider at høre på dig." Vagten begyndte at gå, men så tilbage inden, da han stod på dørtrinnet ind til et nyt rum. "Hvis du flygter, skal jeg personligt sørge for, at du får en plads lige ved siden af hende tøsen."

Døren smækkede. Hjerte dunkede hårdt i Jaspers bryst. Det var så bizart. Hvis han var heldig, kunne han få lov til at få et vrag med hjem, hvis mor var blevet dræbt, som havde klippet sit hår af i desperation, og som havde begået en eller anden form for forbrydelse, som åbenbart var meget grov. Det var den bedste situation, der var mulig.

Vagten kom tilbage, men uden kvarterlederen gående bag sig. Han prøvede at sætte en medfølende mime på, men det tydeligt, at han var skadefro. "Beklager, men han nægter altså at tale med dig. Beslutningen er taget, og der er ikke noget at gøre, men det positive er, at han ikke vil give dig en straf for at have sneget dig herned. Hvis jeg var dig, ville jeg betragte mig selv som meget heldig."

"Du har ikke engang talt med ham, har du vel, dit kryb?"

"Skal jeg få ham til at skifte mening eller hvad? Der er høje straffe for at være respektløs over for autoriter," sagde han smilende.

Jasper gned tænderne imod hinanden for ikke at sige noget igen. Vagten låste hans håndjern op og klemte hånden om hans skulder for at føre ham ud.

"Lad være med at røre mig," hvislede Jasper ud imellem sine tænder og trak skulderen væk.

"Slap af! Det eneste, jeg gør, er at vise dig ud, hvilket er mit job."
Vagten lagde hånden der igen.
"Lad nu for fanden bare være med at røre mig." Jasper skubbede med en hård bevægelse hånden væk.

"Alle jer realitytosser tror, at I ejer verden, men i virkeligheden er I bare en lille bitte, nærmest ubetydelig brik, der udelukkende er til for at underholde dem, der er vigtige. Det håber jeg fand'me, at du indser en dag!" Vagten spyttede på gulvet og lagde hånden på Jaspers skulder igen. Denne gang skubbede han den ikke væk.

Vagten førte ham hele vejen ned til pladsen, hvor halshugningen skulle finde sted. Jasper knyttede hænderne sammen og sugede luft ind i sine lunger. Den rene luft ville bare ikke bundfælde sig i hans lunger. Han følte sig beskidt.

Publikum buede, men han kunne ikke se pigen for mængden af mennesker. Han strakte sig, og så han det. De bange øjne. Den spinkle krop. Det krøllede blonde hår, der legede i vinden. Det var ikke Riley. Han ville smile, men kunne ikke.

Der var lang var hjem. Han prøvede at spotte Riley i mængden, men det lykkedes ikke. Han havde misforstået det hele, men kunne ikke være glad. Han havde stadig fundet hendes mor død og en stor del af hendes hår klippet af.

Han kunne mærke det med det samme, da han trådte ind ad døren. Noget føltes anderledes. Huset var koldt og afvisende.

"Carella?!" kaldte han. Hun svarede ikke.

"Riley?!" Igen intet svar.

Han tjekkede stuen, sit værelse, køkkenet, Carellas værelse.

Hjertet pumpede adrenalin ud i hans krop, i samme øjeblik han trådte ind på badeværelset. Der lå piller ud over hele gulvet. Rileys hud var bleg, læberne var blå, håret skævt og kort, og hendes fingerspidser rystede svagt. Han ruskede hårdt i hende og råbte hendes navn igen og igen. Ned ad hendes håndled stod der med sjusket sort skrift: *Undskyld.*

Kapitel 6

Rekonstruktion.

Det var det, der skete i løbet af de næste to uger. Jasper fik sin egen livlæge til at komme og se på Riley. Hans vigtigste job burde ellers være at sørge for, at Jasper altid kunne møde op til sine jobs uden en eneste skramme. Det virkede så åndssvagt, når lægen smurte salve over hans små hudafskrabninger, men det var sådan, det var.

Han kunne godt lide at se den gradvise ændring i hendes tilstand. Den måde hendes kinder fik mere farve, eller hvordan hendes hænder rystede mindre og mindre. Det var benægtelse. Uanset hvad lægen gjorde, kunne han aldrig helt få den gamle Riley tilbage. Tomheden i hendes blik forsvandt heller ikke. Hun stirrede meget ud i luften. Han havde ikke taget hende i at græde en eneste gang.

Der var mange spørgsmål.

"Hvad skete der med din mor?" "Hvem gjorde det?" "Hvorfor klippede du dit hår af?" "Prøvede du at finde mig, før du gjorde det?" "Ville du ønske det var lykkedes?"

Riley svarede kun med stirren og nogle gange med et skulende blik, som han var begyndt at foretrække. Hun sagde ikke et ord mere, ikke engang når lægen spurgte om noget. Han prøvede at tage hendes hånd, men hun skubbede den væk og vendte sig om. Han prøvede også at stille hende simple spørgsmål som: "Hvilket bær er dit yndlings?" Og da hun stadig ikke reagerede: "Er brombær dit yndlingsbær?"

Jo mere lægen sagde, at hun fik det bedre, jo værre lod hun til at få det, fordi hun kunne mærke sig selv. Det var, som om stilhed var det eneste, hun kunne overkomme. Nogle gange overvejede Jasper, om det var for at opveje den larm, der måtte være inden i hende.

Det bankede hårdt på deres dør. Desperate bank. Den slags, man ikke bare kunne ignorere, fordi det var midt om natten. Jasper støttede Melissa hen til køkkenstolen, og hun efterlod et spor af blod efter sig. Hele hendes krop var gennembanket som et stykke råt kød, og hun hulkede. Halvvejs nede ad kinderne blev tårerne farvet af blodet.

"Hvad skete der den her gang, Melissa?" spurgte han, imens han prøvede at tørre det værste blod væk med et viskestykke.
"Han … Han …" Ordene ville ikke frem. Det var okay, tænkte han. Det var det tætteste, han var kommet på et svar i lang tid. Han fandt noget sprit og prøvede at rense hendes sår. Hun sagde ingenting til det, selv ikke da han pressede klædet ind i såret for at få det ordentligt renset. Han havde en teori om, at det aldrig var selve smerten, hun græd over, men chokket. Hun havde sår hele vejen ned langs benene, på armene og et i panden.
"Du må gerne låne sofaen, hvis du har lyst. Riley bruger stadig gæstesengen."
"Riley?" Hun trak øjenbrynene sammen og fik et filosofisk lys i øjnene, der fik hende til at se vanvittig ud. "Det er hende pigen, der altid bander, ikke?"
Hans læber begyndte at dirre, så han bed dem sammen og nikkede.
"Jeg har mødt hende før, ikke?"
Jasper nikkede.
"Nogle gange har jeg svært ved at huske alle de mennesker, jeg møder. Har hun langt, brunt hår?"
Han rystede på hovedet.
"Ah. Så tror jeg ikke, jeg kan huske hende."
"Hun klippede det meste af sit hår af," sagde han med en stemme, der ikke var hans. "Hvad var det egentlig, der skete med dig?"
"Jeg måtte gerne låne sofaen, ikke?" skiftede hun emne.
"Jo. Jeg finder lige en dyne til dig," sagde han og rejste sig. Da han begyndte at nærme sig gangen, hørte han en mærkelig lyd, der mindede ham om et døende dyrs sidste kald. Han satte farten op og fandt Riley siddende op ad gangens væg med en hyperventilerende vejrtrækning. Hun sad i fosterstilling og rystede over hele kroppen. Der var stadig ikke en eneste tåre at se i hendes øjne.
"Kom her," mumlede han og samlede hende op i sine arme. Hendes krop skælvede endnu mere, end han havde troet. Han lagde hende tilbage i gæsteværelsessengen, puttede dynen omkring hende og kyssede hendes pande.
"I.. Ik… Ikke .. ik.. g..gå," fremstammede hun og hev efter luft.

28

"Rolig nu, jeg skal lige hurtigt noget, og så kommer jeg tilbage. Okay?"

Hun nikkede, og han skyndte sig at finde en dyne frem, som han lagde over Melissa, der allerede var faldet i søvn på sofaen. Hun så gammel ud, som hun lå der med et ophovnet ansigt.

Jasper gik tilbage til gæsteværelset og satte sig på sengekanten, hvor han aede Rileys kind, imens hun fortsat rystede. Det var rart at kunne røre hende igen, uden at hun kastede sig væk. Det var et lille skridt, men det var noget. Det var som et barns første skridt, prøvende og usikkert. Men det var noget. Det måtte være et lille tegn.

Dagene begyndte at gå hurtigere. De snakkede sammen. Ikke om vigtige ting, men om vejret og den aftensmad, de fik. Små ting. Små skridt. Hans læge sagde, at hun var blevet helt rask, hvilket ikke passede helt, men det var stadig et skridt. Endda et stort skridt i det lille billede.

De fulgtes ad ned til hendes hus uden at sige noget. Liget var blevet fjernet, men der var stadig blod på væggene. Riley rystede, og hendes læber skælvede, mens hun fandt et gammelt billede frem under sengen og holdt det tæt ind til sin krop uden at vise ham det.

"Hun blev myrdet, så jeg bar hende ind i sengen og lagde nogle blomster ved hende. Det var kvarterlederens søn, ham den sindssyge. De var på rundtur i byen, og så ... Jeg har set ham gøre det mange gange før," sagde hun en dag. Hendes stemme lød tom, og hun så ned hele tiden. "Jeg ved ikke, hvorfor jeg klippede håret af. Nej og ja."

Det var svarene på alle de spørgsmål, han havde stillet tidligere. Han kunne ikke huske, om han havde stillet spørgsmålet om, hvorvidt hun fortrød sit selvmordsforsøg, til sidst eller andensidst. Måske ville han bare ikke.

Hun begyndte at sove i hans seng. I starten måtte han slet ikke røre hende eller så meget som strejfe hende, men som tiden gik, fik han lov til at lægge armene omkring hende. Til sidst virkede det, som om han ikke havde lov til at give slip igen.

Hun begyndte at kysse ham. I starten som små diskrete kys, der sagtens kunne betragtes som uskyldige, men det udviklede sig hurtigt til noget, ingen af dem rigtig kunne benægte, selvom de prøvede. Bagefter tænkte han på, hvad der ville blive gjort, hvis nogen opdagede, hvad de havde gang i. Som deltager i reality-programmerne havde man ingen ret over sit eget liv. Hans eneste opgave var at holde sig neutral, indtil han fik et nyt program, han skulle deltage i. Der var aldrig nogen af realitydeltagerne, der nogensinde var blevet taget i at bryde den regel. Han vidste slet ikke, hvad konsekvensen af det ville være. Han vidste bare, at han ikke kunne stoppe. Han kunne ikke bede hende om at holde op, fordi hun var så skrøbelig for tiden. Det var i hvert fald det, han sagde til sig selv.

"Man kan godt skabe sin egen virkelighed, du ved," sagde hun, mens hun sad på hans skød med hænderne viklet ind i hans hår. "Det her er vel bare vores måder at være venner på, ikke?"

"Jo. Helt uskyldigt."

Hun så på ham i lang tid og nikkede, før hun igen lænede sig ned og kyssede ham. Hans hjerteslag dunkede hårdt imod hendes bryst. Han kunne ikke mærke, om hendes også gjorde det.

Senere undrede han sig over, hvordan han kunne være så naiv.

Kapitel 7

Billederne var overalt. På alle forsider, med Graces ansigt placeret ved siden af. De var taget fra mange vinkler, og der var også nogle, der var taget for flere år tilbage. Hele deres hus var åbenbart pakket ind i kameraer, som man ikke kunne se. Riley virkede slet ikke oprevet over billederne. Hun var uhyggeligt neutral, mens Jasper var et vrag, der bare ventede på sin straf. Forhåbentlig blev det bare hans straf og ikke deres.

"Jeg forstår ikke, hvorfor de synes, at det, vi gør, er så forkert," sagde hun, mens de spiste morgenmad. "Det betyder jo ikke noget."

"Nu betyder det i hvert fald rigtig meget," svarede han og så ned på hendes små hænder, der knækkede små brødkanter af og spiste dem.

"Jeg forstår slet ikke, hvorfor aviserne har skrevet om det, hvis de gerne vil have folk til at tro, du virkelig er sammen med Grace," sagde hun.

"Dem, der styrer aviserne og reality-tv, er to forskellige organisationer. De er afhængige af hinanden, men de er også konkurrenter. Aviserne har tydeligvis tjent styrtende på det her, så selvfølgelig skrev de det. Alt handler om penge, Riley."

"Hvordan tror du egentlig, at de opdagede det?" spurgte hun.

"Kameraer. De sidder åbenbart overalt her i huset. De har sikkert siddet her, lige siden jeg blev født, fordi de også skulle overvåge min far."

"Så de kan se os lige nu?"

"Sikkert. "

Hun så vredt rundt i rummet med skulende øjne. "Jeg hader dem."

"Du må hellere lade være med at snakke for højt om dem."

Irriteret så hun på ham og rystede på hovedet. "Jeg er fuldstændig ligeglad med dem."

"Det kan godt være, men det betyder ikke, at de er ligeglade med dig."

"Og hvad så? Hvad skulle de kunne gøre ved mig?" spurgte hun og tyggede hårdt på brødet.

Svaret kom to dage efter i form af et brev. To breve. Han havde ventet længe på at blive irettesat, men det var ikke kun hans navn, der stod på kuverterne. På den ene stod der også hendes. Det føltes som et kæmpe slag i maven. Det havde slet ikke noget med hende at gøre. Det var hans fejl, for det var hans liv, der var bygget op omkring mærkelige regler, og ikke hendes. De troede åbenbart også, at de kunne eje hende. Det kunne de måske også. Selvfølgelig kunne de det. Hun var ikke noget særligt. Han åbnede sit eget brev og begyndte at læse:

Kære Jasper White,

Den 17/10 2097 påbegyndes en ny sæson af "Den eneste ene." I denne omgang vil du være omdrejningspunktet for serien, og vi har fundet ti piger frem, som du har relationer til, hovedsageligt fra tidligere sæsoner af andre serier. Pigen, der vinder, er den, der er mest populær i vores spørgeundersøgelser og undersøgelser af, hvilke piger folket er villig til at betale flest penge til for at se vinde. Altså de samme regler, som der plejer at gælde; denne gang vil sæsonen bare slutte af med et frieri og et bryllup. Vi formoder, at du allerede har set nogle af de tidligere sæsoner og kender vilkårene.

Der vil være en stor åbningsfest inden, og du vil allerede blive hentet i morgen, så vi kan nå at pudse dig op, før det hele går løs.

De venligste hilsner,
Julia Freeman, instruktør for "Den eneste ene."

Jasper sænkede brevet. Hans hænder rystede. De havde ikke skrevet et eneste ord om det kæmpe fejltrin, han havde begået ved at havne på alle forsiderne. Det kunne næsten kun være et dårligt tegn. Han smed brevet, så han kun stod med Rileys. Håndskriften, hendes navn var skrevet med, var den samme som på hans brev. Forsigtigt fik han brevet op uden at rive åbningen i stykker.

Kære Riley Perez,

Vi har vurderet dig egnet til at træde ind i realityverdenen som deltager. Denne ære indebærer selvfølgelig også en del ansvar, og vi har vedlagt en seddel med regler, som vi stærkt forventer, at du overholder, både for din og vores skyld.
Det første realityshow vi har valgt, at du skal deltage i, hedder "Den eneste ene." Du vil være en af de ti piger, som skal kæmpe om til sidst at blive gift med programmets

hovedperson, som du efter sigende allerede kender ret godt,
nemlig Jasper White.
Programmet vil starte 17/10 2097, og vi vil allerede hente
dig i morgen, for at du kan nå at deltage i åbningsfesten.

De venligste hilsner,
Julia Freeman, instruktør for "Den eneste ene."

Jasper kastede brevet mod væggen og jog hånden efter det sted, hvor brevet havde ramt. Det var den allerstørste straf – at vide, at han var skyld i, at hun nu ville få det samme liv som ham. Et liv, der godt nok var et liv, men ikke hans liv.

"Er du okay?" hørte han Carellas lyse stemme bag sig.

Han svarede ikke, så hun gik hen og lagde hånden på hans skulder. Det var, som om hun altid skulle være den voksne, noget, han virkelig ikke brød sig om.

Carella samlede brevet op og læste det. Han kunne høre, hvordan papiret knitrede mod hendes fingre. Hun var lang tid om at læse det, så lang tid, at han mistænkte hende for at stirre ind i papiret for at finde ud af, hvad hun skulle sige. "Skal jeg gå op med det til hende?"

Han rev det ud af hendes hænder. "Selvfølgelig skal du ikke det. Bare pas dig selv."

Kuverten, hvor reglerne stadig lå i, samlede han også op og begyndte at gå op til sit eget værelse, hvor han vidste, hun lå. Hvert skridt mumlede: *Det er din skyld, det er din skyld, det er din skyld.*

Riley lå i hans seng og sov. Hendes vejrtrækning lød fredfyldt, ligesom lyden af vinden, der ruskede i et træ. Hun var fri. Ikke helt fri, fordi hun var fattig, og ingen regnede de dårligt stillede for noget. Det var, som om der var en usynlig frihedsrang. Overklasse, middelklasse, underklasse, deltager. Han hadede ordet deltager. Det lagde op til, at de faktisk havde noget at skulle have sagt. De var ikke deltagere. De var dukker.

Da Jasper satte sig på sengekanten, sprang hendes øjne op, og hun satte sig op i sengen.

"Undskyld, at jeg forskrækkede dig."

Hun lænede sig tilbage i sengen med et lettet suk. "Vil du ikke gå? Jeg har brug for fred."

Tænderne bed sammen om hans underlæbe. "Undskyld."

"Det gør ikke noget. Bare gå," hviskede hun og lukkede øjnene.

"Du ved godt, hvor meget jeg holder af dig, ikke?"

"Hvad har du gjort, Jasper?" spurgte hun og åbnede øjne med et bebrejdende blik.

"Hvorfor tror du, at jeg har gjort noget?"

"Fordi vi slet ikke snakker sådan sammen. Der er et eller andet, der er anderledes." Han så ned på hendes håndled, på det sted, hvor der havde stået undskyld, og så derefter på sin egen hånd. Han lænede sig ind over hende og kyssede hendes læber. De havde ellers aftalt at holde op med det, efter at de fandt ud af det med kameraerne. Han havde bare på fornemmelsen, at det ville være sidste gang, han fik lov til det, uden at det var foran et helt kamerahold. Hun trak munden væk, men beholdt hovedet tæt på hans, så hun kunne stirre ham ind i øjnene.

Han lagde brevet på dynen og gik ud af værelset. Han satte sig op ad væggen ved siden af sin dør for at høre hendes reaktion, men der var ingen. Før ville hun havde skreget, bandet og kastet med tingene. Nu var den eneste larm stilheden.

De snakkede ikke til hinanden det meste af næste dag. Ikke engang med små, høflige bemærkninger. Det var først om aftenen at Riley tog hans hånd. "Kom."

Hun førte ham hen til sit gamle hus. Der var helt rent nu. Enten var det myndighederne, eller også var det, fordi hun ikke kunne udholde tanken om, at huset var smurt ind i hendes mors blod.

"Hvad lav..."

"Shh," hviskede hun og kyssede ham, mens hun trak ham ind i sovekammeret. Hans krop stivnede, da de trådte ind, og hendes hænder rystede endnu mere imod hans nakke. De skiltes ad. Hun trak nederdelen og trusserne ned over knæene og så videre ned til gulvet. De havde en sort farve, den sorteste farve, han nogensinde havde set, uden at det alligevel helt kunne være rigtigt. Hun lagde sig på sengen og så op med skrøbelige øjne.

Noget i ham sagde, at han ikke skulle tøve eller spørge, om det virkelig var det, hun ville. Hun var forvirret, men hun vidste alligevel, hvad hun ville, og det var kun fair, at hun fik lov til at bestemme én ting ubetinget, før hendes liv blev til regler, rigtigt og forkert. Følelser, der ikke var følelser.

Han bevægede sig mod hendes hofter og stak hånden op under hendes trøje, men hun trak den væk uden at se en eneste gang på ham, hvilket han vidste, fordi hans eget blik var klistret fast på hende. Tårer løb ned ad hendes kinder og ramte hans overkrop. De var isende kolde. Hun fortrak ikke sit ansigt; måske vidste hun ikke engang selv, at hun græd. Måske var det hendes krop, der græd, og slet ikke hende. Bagefter vendte hun ryggen til ham. Stilheden strammede hans hals ind. Det føltes, som om han kunne gøre alt, og det ville stadig være forkert.

"Jeg elsker dig," hviskede han.

Der gik nogle sekunder, inden hun svarede. Han kunne høre hendes ben gnide imod madrassen. "Hvordan kan du være sikker på det?"

"Hvad mener du?"

"Hvordan kan du vide, at du ikke bare har misforstået, hvordan det føles at elske nogen?"

Han tænkte lidt over det. Der var ikke noget svar, der kunne gøre hende tilfreds, for sådan et svar fandtes ikke i ord. Måske vidste han det, fordi han hadede hendes svar, og at hun lå med ryggen til ham. Måske var det nok. Måske var det ikke engang en start.

"Det stoler jeg på, at jeg ikke har."

"Og hvis du har?"

"Det har jeg ikke."

Hun sukkede. Rømmede sig. "Jeg synes, at jeg fortjener at få et svar nu."

"Hvad?"

"Da vi var i køkkenet. Jeg spurgte dig, hvor mange du havde været sammen med den her gang, men du ville ikke svare. Jeg synes, at jeg fortjener et svar nu."

Han vendte ryggen mod hende, så de lå ryg mod ryg, så langt fra hinanden de overhovedet kunne være.

"Jeg tror faktisk, at jeg har brug for at vide, hvor mange der er i alt."

Han lagde hånden, så den balancerede ud over sengekanten.

"Syvoghalvfjerds. Tror jeg."

"Sygoghalvfjerds?"

"Det er dem, jeg kan huske."

Hun tog en dyb indånding, og han kunne høre hende vende sig om. Mærkede nogle hænder på sin skulder. "Tæller jeg med?"

Kapitel 8

Tasken ved siden af Jasper lokkede forfærdeligt meget. Riley lå ovenpå og sov, eller hun lod i hvert fald, som om hun sov, så hun kunne være i fred, inden bilen kom for at hente dem. Tasken var hendes, og det var hendes ting. Det var hendes liv, der lå dernede. Sikkert den del, hun lukkede ham fuldstændig ude af. Selv havde han aldrig nogen ting med, det var kun sket på hans allerførste optagelse. Billeder, tøj, ting, der mindede om det normale. Da han kom hjem med tingene, blev han nødt til at smide det hele ud, fordi det fik ham til at tænke på alt det, han ikke måtte tænke på. Alt hans tøj havde pludselig stank parfumeret af roser. Han havde heller ikke brug for det. De skaffede ham altid det tøj, han skulle have på for at få præcis det rigtige udtryk.

Tasken stirrede på ham. Han foldede hænderne i sit skød, da det bankede på døren. Han gik hen og åbnede døren med svedige håndflader. Der stod en chauffør med lyst hår og en bred næse, som smilede og bukkede, mens han holdt hånden ind til sit bryst. "Jeg er kommet for at fragte dem og frøken Perez til New York, som jeg formoder at De allerede ved. Er De klar til at tage af sted?"

Indeni vendte han øjne. Han kunne allerede mærke sig selv blive en anden. "Jeg henter lige Riley, og så kan vi køre."

"Udmærket, sir."

Han prøvede at tage så langsomme skridt som overhovedet muligt. Han ville ønske, at de, der skulle hente ham, første gang han skulle af sted, havde taget langsomme skridt. Hvert sekund talte. Han havde brugt mange timer på at tænke over, hvor meget et sekund kunne betyde, når tid ikke længere betyder noget.

Han kiggede kort ind i døren, før han langsomt løftede sin hånd og bankede på døren ind til gæsteværelset. Intet svar. Han bankede igen. Intet svar. Til sidst måtte han bare åbne.

Riley sad i vindueskarmen og så ud ad vinduet. Hendes hår var asymmetrisk, hendes næse var for lille, hendes øjenbryn var for pjuskede, hendes hænder var for små, og det samme var hendes læber. Hun havde for kraftige ankler og lår i forhold til alle de andre deltagere. Hun var smuk, men ikke i idealbilledets spejl. Det var udelukkende af hævngerrighed, de havde valgt, at hun skulle med, det vidste han. Det, han frygtede, var at finde ud af, helt præcist hvad deres hævn gik ud på. Havde han lært en ting på de to år, han havde tilbragt i realityverdenen, var det, at det aldrig blev godt nok. Det samme gjaldt hævnen. De ville kunne blive ved altid.

"Klar?" spurgte han.

Uden at sige noget rejste hun sig og gik forbi ham ud ad døren. Duften af jord blev siddende i luften. Han tog en dyb indånding.

De satte sig ud i limousinen uden at sige et ord. På sædet strejfede deres hænder hinanden, og bilen satte sig i gang. Riley vendte blikket bagud for at se byen forsvinde bag hende.

Pincetten svingede i luften, mens små hår svævede i luften for derefter at flygte til jorden. Jasper sagde ikke en lyd, imens den buttede kvinde med det touperede røde hår plukkede hans øjenbryn. Hun havde brokket sig over, at han bare havde ladet dem vokse, imens han havde været væk. Det mindede ham om, hvor store små problemer kunne være. Nej, gøres.

"Nå, min søde ven. Du bliver simpelthen *nødt* til at fortælle mig, hvem din lille veninde er," sagde kvinden, lagde pincetten på bordet og gav sig i kast med at klippe hans hår. "Hun må virkelig kunne nogle tricks, især når man tænker på, hvor smuk Grace er. Hvis jeg var dig, ville jeg i hvert fald føle mig meget heldig med sådan en pige og ikke begynde at grave i skraldet, når man allerede har fundet guldet. Hvis du forstår hvad jeg mener."

"Du er ny her, ikke?" spurgte Jasper. De fleste af deres skønheds-hold regnede ret hurtigt ud, at hele realityshowet var det rene fup, kun fundet på for at tjene penge. Mere plejede de så heller ikke at kunne regne ud.

"Jo, jeg startede for en uge siden." I spejlet kunne han se, at hun vendte blikket ned, men han vidste ikke, om hun rødmede. Den lyserøde rouge gjorde det svært at afgøre. "Hvorfor? Er jeg dårlig?"

"Det kommer an på, hvad du mener med dårlig."

"Er jeg dårligere end de andre, der plejer at tage sig af dig?" Hun havde store, blå hundeøjne. Irriterende blå.

"Hvis du mener, om du er mere påtrængende, uomhyggelig og dårlig til at plukke øjenbryn, så de bliver skæve, så ja. Du er nok dårligere."

Hun bed sig i læben uden at svare. De fleste mennesker, der bo-ede i New York, havde meget selvtillid. Det var derfor, de boede i hovedstaden, fordi de havde arbejdede sig derop. Til gengæld krævede det ikke så meget at få de svageste trukket ned, mens det var umuligt at røre de stærkeste. Han havde ikke svært ved at gennemskue, hvilken kategori denne pige hørte hjemme under.

Efter at den rødhårede pige havde gjort sit job færdigt, blev han ført ind til et kæmpestort klædeskab. Der stod en mand ved navn Jayden Hill. Han havde ved flere lejligheder arbejdet med Jasper før og havde allerede fundet ud af, at han ikke brød sig om smalltalk som så mange af de andre. Det var derfor, der altid lå et sæt tøj fremme til Jasper, når han ankom, så de ikke behøvede at bruge tid på at lede efter det sammen.

Sættet, Jayden havde valgt ud til ham, var et par sorte fløjlsbuk-ser, en hvid skjorte og en sort butterfly. Den sædvanlige åbnings-festpåklædning.

"Så er vi færdige nu?" spurgte Jasper og vendte sig mod Jayden. Han lignede en, der havde lyst til at rulle med øjnene, men ikke kunne få bevægelsen frem.

"Jeg er egentligt blevet påbudt at meddele Dem aftenens program, men jeg går ud fra, at De har været den her omgang igennem så mange gange, at det er unødvendigt. Hvorfor spilde sin tid?" sva-rede Jayden.

"Det eneste, jeg behøver at vide, er, hvornår limousinen kommer."

"Den vil hente Dem klokken otte, og De vil ankomme til festen omkring klokken ni," svarede Jayden.

Jasper trak på skulderne og tog sin jakke på. Han var holdt op med at takke dem, der opvartede ham og de andre, for mange år siden. Det gav ikke mening for ham.

Hotellet lå lige ved siden af, så han tændte en smøg på vejen og lænede sig op ad hotelbygningen. Den var gigantisk. Alt for stor, hvis man spurgte ham. Hvilket man ikke gjorde.

Smøgen smagte af frihed. Det var underligt, for det var egentlig en vane, som folkene bag programmet havde lært ham. De skulle bruge en rebel, og cigaretten i mundvigen var den sidste detalje. Han skoddede den mod bygningen og gik ind i lobbyen. Folk stirrede ikke. Der var mange andre kendisser, der også boede på hotellet, så han faldt perfekt ind i mængden.

Han gik hen til receptionen og bad om Rileys værelse. 39. Tre værelser fra hans. Alt var skinnende, de dyreste mærker og de sidste nye designs. Han kunne ikke lade være med at tænke på sig selv som et forældet design. Det var sikkert også derfor, at programlederne havde besluttet, at det var på tide, han blev gift. Han var gamle nyheder, og de havde brug for nyt blod. *Som om,* hviskede en stemme i ham. *Det eneste, de har brug for, er at få hævn. Det eneste, du har ret i, er, at de har brug for blod. Dit.*

Hans værelse så ud, som det altid gjorde: altan med udsigt ud over byen, en stor drømmeseng, designermøbler og kunst, der i hans øjne lignede skrald. Det var så perfekt. Ulideligt perfekt.

Jasper tjekkede flere gange, om Riley var kommet tilbage. Bankede på hendes dør. Gik tilbage til sit værelse. Så op i loftet. Bankede på hendes dør. Gik tilbage. Så op i loftet. Hendes dør. Gik tilbage. Op i loftet. Dør. Gik. Loftet.

Omkring klokken syv var hun endelig tilbage, men det var ikke hende, der åbnede døren. Det var en skygge af hende, med store, markante øjenvipper, plukkede øjenbryn, en gyldenbrun hud, en kort guldkjole med et glimmerbånd op langs den ene skulder og røde læber, der skreg. Håret havde fået lange extensions sat i, og det var blevet farvet mørkere, så den røde tone, solen plejede at få frem, ikke længere var der. Bag det hele kunne han kende hendes øjne. To skræmte pupiller, der havde lyst til at hoppe ud og flygte. Hun var smuk. Smukkere end smuk, men ikke den smukkeste. Det var også derfor, de aldrig ville have valgt hende, hvis ikke det havde været for Jasper. Hun havde ikke de rigtige, naturlige træk, som var dyrere at fremtvinge.

"Du ser godt ud," mumlede han. Riley så ned, så han kunne se det kunstværk de havde forsøgt at lave i hendes hår. Det var sikkert ikke derfor, hun gjorde det, men det var det eneste, han så. "Må jeg komme ind?"

Hun gik ind i værelset, men lod døren stå åben. Det var nok det tætteste på en invitation, han kom. Stiletterne blev stillet ved siden af sengen, og hun kravlede ind under dynen og lagde hænderne omkring en pude. Jasper stirrede på hendes mundvige. Det var en lige streg.

Han satte på kanten og så på hende, men hendes blik var kun rettet mod madrassen.

"Har du nogensinde tænkt på ..." Riley tog en dyb indånding og puttede en krøllede hårtot om bag øret. "Bare at stoppe?"

"Du har læst reglerne, ikke?"

"Alt for mange gange, jo."

"Så ved du også godt, hvorfor jeg aldrig nogensinde har tænkt på det en eneste gang," vrængede han ordene ud.

"Jeg tror, at Carella ville forstå."

"Hvis din mor stadig var i live, ville du så have gjort det?" spurgte han.

"Selvfølgelig ikke." Hendes hænder pillede ved kanten af dynen. "Jeg siger bare, at der ikke er nogen der ville bebrejde dig det."

"Alle ville bebrejde mig det. Hvor vil du hen?" sagde han med sammenbidte tænder.

"Du ved, hvordan alle deltagerne i reality-tv får en eller anden tilknytningsperson. Hvis man bryder en regel, er det den person, der må tage konsekvensen for det. Nogle bliver tortureret, og andre mister muligheder som job eller uddannelse. Det kommer an på, hvor slem ..."

"Det ved jeg sgu da godt. Hvad er din pointe?" afbrød han.

"Jeg har ikke nogen tilknytningsperson. Min mor er død, så de kan ikke bruge hende imod mig. Jeg har ingen søskende eller venner derhjemme. De kan ikke røre mig." Hun kammede puden tættere ind til sig.

"Du har mig. "

"De bruger ikke andre deltagere. Jeg snakkede med stylisten, og hun sagde, at jeg var uden tilknytningsperson. Hvis jeg bryder nogle regler, bliver de altså nødt til at straffe mig og ingen andre," forklarede hun.

"Så?"

Rileys øjne var bedende, og i dem så han sin rigtige straf. Det var ikke tilfældigt, at hun ikke var blevet tilknyttet nogen. Det var, for at han kunne sidde der i netop det øjeblik og føle sig skyldig. Hvis hun døde, var der ingen det gik ud over. Det var i hvert fald sådan, hun så det nu.

"Jeg ved godt, hvad der skal foregå i aften, Jasper. Jeg vil gøre *alt* for at undgå det." Hun tog en dyb indånding og pillede ved en tot i sit hår. Han kunne have sagt sig selv det. At de ville ende her igen. Hun havde stadig ikke sluppet tanken om fred. "Jeg tror gerne, at jeg vil af her."

Kapitel 9

Rileys stemme gav genlyd i Jaspers hoved. Igen og igen og igen. *Jeg tror gerne, at jeg vil af her.* Igen og igen og igen. Jasper overvejede længe, hvad han skulle svare på det. Der fandtes ikke rigtige svar her, kun masser af forkerte.

"Du kan ikke bare give op så nemt," sagde han.

"Hvorfor kan det ikke være mit valg?"

"Vil du ikke gerne have hævn? Over kvarterlederens vanvittige søn, der slog din mor ihjel? Jeg ved godt, at det lyder langt ude at kvarterlederen, skulle give sin egen søn en straf, men der findes højere magter. Tænk over det. Hvis du gør dig interessant i medierne, vil flere embedsmænd få øje på dig og have lyst til at hjælpe, og så kan du få hævn. Det er det, du vil, ikke?" plaprede han. Hans hjerte dunkede. Det føltes, som om rytmen var ekkoet i en hule. "De tager ikke sådan nogle mennesker som os seriøst. Vi er bare underholdning, i virkeligheden ..."

"Nu undervurderer du magten i det her. Når de sidder og ser programmerne, kommer de automatisk til at holde af os, fordi de ikke ved, at det hele er opstillet. Selvfølgelig ville de hjælpe. Hvis bare du er god nok, vil de ligefrem stå i kø for at hjælpe dig," lokkede Jasper. Han så ned og bed i underlæben. Hans hænder rystede i hans lommer, men han håbede at det ikke kunne ses.

"Okay," hviskede Riley. Så ud ad vinduet og bagefter tilbage til Jasper. "Du er sikker, ikke?"

Han slangede sig over til hende på sengen. Kyssede hendes kind som en slags besegling af det, han havde gang i. "Helt sikker. Du skal nok få den hævn."

Kødmarked. Det var den bedste betegnelse, Jasper havde for det. De bevægede sig alle sammen rundt i det smukt dekorerede lokale med lyserøde bånd fra loftet og spraymalede træer i hvert hjørne. I midten af rummet var der et kæmpe dansegulv, hvor et in band stod hævet over jorden og fyldte rummet med musik. De skulle mængde sig med alle de betydningsfulde gæster. Smile, rette ryggen, være den, de var i showet. I hans tilfælde betød det arrogance. De kunne ikke have valgt et bedre karaktertræk, for det var præcis det udtryk, han havde lyst til at have, som han gik rundt i rummet med champagneglasset i hånden. Det eneste, han havde mere lyst til at spille på, var had. Had til alle i rummet. Så ville der ikke længere være noget skuespil.

Jasper blev ved med at spejde efter Riley i rummet og bedømme, hvordan hun klarede sig. Hun havde ikke fået nogen rolle endnu, men hun lignede en desorienteret fugl, der var blevet væk fra sin flok. Hun hældte champagne i sig. Igen og igen. Det bekymrede ham. Hun havde aldrig drukket før.

"Det klæder dig ikke," mumlede en pige med lyst hår og tynde øjenbryn. Han vidste, at hun var en af de største børsmægleres døtre, men kunne ikke huske hendes navn. Der var jo så mange.

"Hvad snakker du om?"

"At være forelsket. Du stirrer hele tiden over på hende tøsen derover." Pigen tog en slurk af sin champagne og hamrede glasset i bordet. "Du glemmer det vigtige." Er jeg slet ikke vigtig mere?"

"Jo, meget vigtig. Jeg har bare ondt af hende."

"Det kan jeg godt forstå. Hun ligner en lille, forvirret hundehvalp. En grim, forvirret hundehjalp," grinede pigen.

"Det har du ret i."

"Du er ikke ved at blive blød, vel?" Pigen lagde albuen på bordet og støttede hovedet skråt i hånden. Hun fik en streg i panden og hendes mundvige så ned i gulvet.

"Hvad tror du selv?"

"Jeg ved ikke, hvad jeg skal tro. Helt ærligt troede jeg aldrig, at den slags var din type. Hun er bare så …" Pigen vendte øjne. "Hvad skal man sige? Jeg ved ikke engang, om det er et menneske."

Jasper knyttede hænderne i lommerne. "Jeg har ikke forandret mig."

"Godt, " sagde hun, lænede sig ind over bordet og satte et hårdt kys på hans mund. Han veg tilbage.

"Du ved godt, at du bliver nødt til at vente med det der. Det er imod reglerne."

"Hvornår er du nogensinde begyndt at gå op i regler?" Hendes hånd lagde sig på hans lår, og neglene rev sig så langt ind, at han kunne mærke dem igennem buksernes stof.

"Lige den her bliver jeg sgu nødt til at overholde. Det ved du også godt."

"Jeg elsker dig."

"Du bliver bare nødt til bare at købe dig ind i aften."

Hun nikkede. Trak hånden til sig og greb i stedet fat om en gul pung, der lå på bordet. "Jeg er forberedt."

"Vi ses senere."

Jasper kunne mærke pigens øjne flå i sig, mens han bevægede sig ind imellem menneskemængden igen. Det var uden tvivl ikke kun hende, der stirrede. Han var den eneste mandlige deltager, der var der, så der ville helt sikkert blive kamp. Det er præcis sådan noget, du *ikke* må tænke på, sagde han lydløst til sig selv og tog endnu et glas champagne.

Teen duftede sødt. Det var en kvinde med sort hår og sygeligt lyseblå øjne, der hældte op i de elleve kopper, der stod rundt på bordet i festens bagkulisse. Det var først nu, at Jasper kunne få et overblik over, hvilke piger der var med i denne sæson. Han kunne kende dem fra tidligere sæsoner. Grace og Maddie var der også. De havde alle sammen sorte korsetter og stiletter på. En anden kvinde, med det samme sorte hår, gik rundt imellem pigerne og lagde et nyt lag rød læbestift på dem.

Efter at teen var blevet hældt op i alle elleve kopper, begyndte kvinden at hælde forskellige ting i fra små flasker og en smule hvidt pulver. Der blev proppet ekstra meget i Jaspers te. Sådan var det altid for de mandlige deltagere.

"Værsgo at tage en kop alle sammen," sagde kvinden. Hendes stemme var lige så vammelsød som teen.

Mens Jasper hældte den i sig, så han, hvordan Riley stirrede ned i sin med et dødt blik. Det var den her del, hun var allermest nervøs for. Det vidste han. Han havde lyst til at fortælle hende, at det var okay. At det her faktisk var den gode del, fordi det var her, man holdt op med at mærke noget som helst. At det skræmmende lå i, når man kunne mærke, at alt var tomt. I denne her del var det tomt, men man kunne intet mærke. Man var væk i en verden af ligegyldighed over for, hvor ligegyldig verden var.

Efter at teen var blevet drukket, guidede kvinderne dem ind i hver sit værelse. Alting var begyndt at blive mere hvidt, bemærkede Jasper, da han lagde sig på sengen. Det var okay. Han gav slip. Rolighed. Urørlighed. Ikke engang det lille knirk fra døren, før han forsvandt helt, betød noget.

Kapitel 10

Kredsende lyde. En børste og noget hår, der sloges. Jasper åbnede øjnene med en følelse af, at solen havde sovet over sig. Riley sad på sengekanten med ryggen til ham og redte sit våde hår. Hun havde en sort natkjole på og lignede en gammel, krumbøjet kvinde i sin skikkelse.

De var tilbage på hotellet. Digitaluret blinkede 14:00.

"Godmorgen," mumlede han og forsøgte at mærke hele sin krop. Det føltes ikke som om noget var gået i stykker.

"Godmorgen," gentog han. Riley holdt op med at børste sit hår og lagde børsten på sengen. Hendes hånd rystede.

"Er du sur?" Hendes hår svingede om hendes skulder i vandrette bevægelser. "Sig et eller andet." Hun rømmede sig og begyndte at pille ved sit hår. "Jeg ..." stemmen var hæs. Hun rømmede sig igen. "Jeg har ondt."

"Det gør altid lidt ondt til at starte med. Din krop vænner sig til det," svarede Jasper. "Der er kommet mærker overalt." Hun tog hårdt fat om en hårtot og samlede den i en knytnæve. "Jeg prøvede at tælle dem. Der var treogtyve i alt."

"Er du sikker?"

Riley rejste sig op og hev natkjolen af, så hun stod nøgen foran ham. Han rødmede svagt og prøvede at lade være med at stirre på hende. Af en eller anden grund føltes det forkert. Hun pegede på små mærker, nogle tydelige og andre, der næsten ikke var der. Halsen, brystet, benene, armene, lårene, maven. De fik alle sammen et tal, mens hendes spinkle finger pegede dem ud. Bagefter trak hun natkjolen på igen og satte sig tilbage på sengekanten, denne gang med front mod ham.

"Det var mange," var det eneste, han kunne sige. Han kunne ikke finde ud af, hvad hun gerne ville have ham til at sige.

"Har du nogen mærker?" spurgte hun.

"Det ved jeg ikke."

"Må jeg gerne se, om du har nogen?"

"Riley, hvad vil du bruge det til?"

"Det eneste, jeg vil er, at ..."

"Selvfølgelig har jeg fået skrammer," afbrød han hende. Det føltes, som om han kogte indeni. Under huden. "Det har vi alle sammen! Men hvad fanden vil du bruge det til? Du får ikke færre mærker af at tælle dem! Det er ikke sådan, de forsvinder."

Riley lagde hovedet på skrå og trak øjenbrynene sammen, som om hun havde opdaget noget nyt. "Hvordan forsvinder de så?"

"Tiden. De forsvinder altid igen."

"Og så kommer der nye," mumlede hun.

"Klart, der kommer nye."

"Hvordan forsvinder de så?"

"På samme måde, selvfølgelig," svarede Jasper. Han gemte hænderne under dynen og knyttede næverne.

"Så er de jo ikke forsvundet."

"Nej, men det er de selvfølgelig med din lille tællemetode. Det skal jeg nok sige til alle de andre deltagere: Hvis bare man tæller sine mærker, så går de væk. Tak, Riley, du har simpelthen løst alle problemerne nu!" Hans stemme blev højere og højere. Riley trak sig længere og længere væk fra sengekanten. Til sidst rejste hun sig op og gik. Hun smækkede ikke døren, men lukkede den lige så pænt i.

Jasper savnede den gamle Riley, der ville have stukket ham en for at tale sådan til hende. Han kunne næsten mærke håndens aftryk på sin kind. Det var en mærkelig ting at længes efter, men det var sådan, det var. Han løsnede knytnæverne.

"Jeg ved ikke, hvordan du kunne gøre det imod mig. Jeg har aldrig nogensinde følt mig så såret og til grin. Den eneste, du går op i, er dig selv, altid dig! Du ved, hvad der kunne gøre mig glad og lykkelig, men alligevel så træder du på det hele. På alt, hvad vi to nogensinde havde sammen! Jeg elsker dig så højt, men jeg ved også godt, at jeg ikke kan blive her. Helt ærligt? Og så alligevel står jeg lige foran dig og giver dig lov til at knuse mig en gang til, fordi jeg elsker dig højt nok. Jeg må virkelig være det største fjols, der findes, lige efter dig. Jeg elsker dig, men jeg ved bare ikke ..."

Der blev stille. Jasper stirrede ud ad vinduet på de mange høje huse. Gad vide, hvem der var derinde. Familier? Arbejdere? Begge dele? Og hvis begge dele, hvilken del var så mest dominerende, familien eller arbejdet? En tanke gav ham en lussing. Måske var der ingen forskel på de to ting.

"Hey, Jasper!" Grace knipsede ham i hovedet og pegede ned i sit manuskript. "Fokusér. Vi bliver nødt til at kunne det her, vi skulle jo helst ikke dumme os allerede ved første filmning."

46

"Jeg er pisseligeglad," svarede han og førte hånden gennem sit hår. "Det betyder alligevel ikke noget."

"Det betyder *alt.*" Hun lænede sig ind over sengen, de sad på, og pegede et stykke ud i hans manuskript. Hendes lyse hår regnede ned over papiret. Neglene havde alle en lille blomst malet på sig. En gul blomst. "Sidste gang jeg ikke kunne mine replikker, isolerede de min lillebror i tre dage. Det får de ikke lov til igen."

"Hvor sluttede du henne?" spurgte han. En hårtot faldt ned over hans øjne, så han kun kunne se manuskriptet.

"Jeg pegede det lige ud for dig. Det er der, hvor du skal afbryde mig."

Han skimmede teksten og fandt stedet. "Skal jeg bare fortsætte derfra?"

"Selvfølgelig," svarede Grace.

"Du ved jo også godt, at jeg elsker dig. Det har bare været en forvirrende tid. Jeg ved ikke hvorfor, men jeg er fand'me bare blevet i tvivl om, hvad jeg vil." "Så find dog ud af det." "Det er det, jeg prøver på. Jeg vil finde hende, jeg skal være sammen med resten af mit liv, nu, og så bliver der aldrig mere noget kaos." "Hvorfor er hun her egentlig også? Den klamme tøs, du var sammen med." "Fordi hun betyder noget." "Meget?" "Det er det, jeg skal finde ud af." "Du burde virkelig bare få øjnene op og indse hvor heldig du var før. Elsker du mig overhovedet? Sådan *rigtigt?*" "Selvfølgelig." *"Rigtigt, rigtigt?"* "Rigtigt, rigtigt." "Højt?" "Det er det, jeg skal finde ud af."

Grace sænkede manuskriptet og rømmede sig. "Det er nu, at jeg skal slå dig."

"Det tror jeg bare, at vi gemmer til optagelserne." Han ville smile, men kunne ikke. Læberne var for tørre.

"Tak, fordi du ville øve det med mig. Jeg er stadig så dårlig til at huske dem. Det tror jeg faktisk aldrig, at jeg bliver god til, uanset hvor meget jeg øver."

"Jeg kan se på det én gang, og så kan jeg det udenad."

"Det må være nemt," mumlede Grace og pillede ved sit hår.

"Det er en forbandelse i forklædning. Nogle gange kan jeg huske nogle sætninger, som jeg ikke ved, om er mine eller deres. "

47

Hun sank og prøvede at finde en grimasse, der passede. "Har du øvet med Riley?"

"Hun gider ikke lukke mig ind på sit værelse."

"Hvorfor ikke?" spurgte Grace.

"Det ved jeg ikke," svarede han uden at se hende i øjnene. "I burde virkelig gøre det, nu hvor det er hendes første gang, og alt det der." Grace snittede blidt neglene over madrassen. "Det er ret overvældende første gang."

"Hvad fanden skal jeg gøre? Hun vil ikke snakke med mig."

"Prøv igen, og efter det så prøv igen. Når du så er færdig med at prøve igen, så prøv igen."

"Lige nu?" spurgte Jasper. Han så ud ad ruden igen, og så tilbage til Grace, der nikkede. Han efterlignede bevægelsen og trak en cigaret op af lommen, imens han gik ud af værelset. Den lå kluntet i hans fingre, hvilket var perfekt, fordi det ikke var det.

Han bankede på døren til Rileys værelse, men hun reagerede ikke. Han trak håndtaget ned, og til hans overraskelse gik døren op. Hans mundvige blev trukket opad, men blev igen til en lige streg som en slangebøsse efter et skud. Hele værelset var et stort rod. Puderne var flået op, og der lå et lag fjer på gulvet. Skrivebordet var væltet. Tæpperne revet i stykker. Stolen hang halvt ude ad vinduet, hvis glasskår var skudt ud til alle sider. Midt i alt kaosset lå Riley uden en eneste mimik i sit ansigt. Hun så op loftet uden at se på ham, mens han gik ind.

"Hvad er der sket her?" spurgte Jasper.

Hendes vejrtrækning fik brystkassen til at bevæge sig. Der gik lang tid imellem hendes blink. "Jeg var vred."

"På mig?"

"Det ved jeg ikke. Det er tåget."

Han gik over ved siden af hende og rakte en hånd ned, men hun tog ikke imod den. "Vi bliver nødt til at øve dine replikker."

"Jeg har ikke lyst."

"Du bliver nødt til bare at tænke på hævnen. Hævn, hævn, hævn."

"Hævn, hævn, hævn," gentog hun mumlede. Tog hans hånd og lod ham hjælpe hende op, så de kunne følges ind på hans værelse.

"Jeg glæder mig til at vise, at de ikke bare kan træde på os fra underklassen. Det er fand'me på tide," sagde hun, og han så et glimt af Riley. Den rigtige. Han følte sig glad og tom indeni på samme tid.

De havde brugt flere timer på at gøre han og de andre piger klar, til at kunne ankomme til det slot, hvor programmet skulle foregå. Han havde et sort enkelt jakkesæt på, og hver en lille fejl, der havde været i hans ansigt, var blevet dækket til. Hans hår sad uglet, men på den rigtige måde. Pigerne havde gallakjoler på og sad alle sammen med deres manuskript på skødet for at gennemgå replikkerne en sidste gang. Rileys kjole var lang, vinrød og havde en åben ryg. Håret var sat i en skæv fletning, og hendes læber var igen knaldrøde. De havde sikkert set dem som hendes bedste træk, hvilket han måtte give dem lidt ret i.

Limousinen kørte igennem en overdådig have, hvor der symmetrisk stod træer med lyserøde blade hele vejen ned til slottets indkørsel. Blomsterduften var stærk og overvældende.

De stod ud af bilen. Hele området var pakket ind i kamerafolk og medarbejdere, hvilket fjernede lidt af den sukkersøde stemning, slottet gav. Den hvide bygning, beliggenheden ud til havet, blomsterne, statuerne. Det var alt for meget, men den slags havde han efterhånden vænnet sig til.

"En fornøjelse at møde jer alle sammen," sagde en høj kvinde med kortklippet brunt hår og et sort jakkesæt, som efter hendes mening nok var meget elegant. "Mit navn er Julia Freeman, og jeg vil være jeres instruktør. Har I nogen *vigtige* spørgsmål, er det altså mig, I kommer til. Vi har en ret stram tidsplan i dag, for vi skal have filmet alle ankomsterne, før det bliver helt mørkt. Jeg vil egentlig gerne lægge ud med at veksle et par ord med Jasper White."

Jasper sugede på den cigaret, han netop havde tændt, og nikkede. Hans blik kørte op til Freemans mørkeblå øjne. De havde et glimt af noget hånsk i sig. Røgen holdt ham rolig. Han kunne mærke, der var noget galt. Helt galt.

49

Kapitel 11

De sorte stilethæle klikkede, mens Jasper og Freeman bevægede sig væk fra de andre. Der var ingen af dem, der havde travlt med at fylde lyden af skridt op med snak. Hun åbnede døren ind til slottet, hvis gang havde højt til loftet og en rustik trappe, der blev bredere, des tættere den var på jorden. Hun fortsatte ind og førte ham ind i et lille, aflukket pulterrum. Det virkede som et underligt valg, i et hus med hundredevis af værelser. Hun tændte loftslampen, der hang over deres hoveder, og måtte krumme ryggen for at kunne være der.

"Hvorfor skal vi herind?" spurgte Jasper. Freeman fumlede med at få et papir op af sin lomme. Hun foldede det ud og kiggede op på ham.

"Det er bare dækningsmedierne, der altid skal snage i vores ting. Jeg syntes, det ville være rart med lidt fred." Hun vendte kortet mod Jasper. Det var en arkitekttegning af et hus. Et af den fine slags med store vinduer, pool og et kæmpe areal. Det lignede alle de andre, han før havde set.

"Nydeligt, ikke," sagde Freeman. Det var ikke et spørgsmål. "Det kommer til at være dit nye hus snart. Sammen med den heldige pige, der vinder."

"Det er vel okay."

"Det er *fantastisk,*" rettede hun ham. "Nogle af de mest trendy designere har været med til at arbejde på det. Det kommer til at stå perfekt til New Yorks rammer, især med det skæve halvtag og ovenlysvinduet. Det er meget chikt i dag."

"New York?" Hans mund stod lidt åben, mens han så ned i gulvet på kludene og spandene.

"Selvfølgelig. Du havde vel ikke regnet med, at du kunne bo i en landsby for evigt, vel? Du er større end det."

"Hvad så med min familie?" spurgte han.

"I mødes sikkert til en eller anden fest. Folk er vilde med at have jer deltagere med, og hende din søde lillesøster skal nok også få sit brev. Jeg har hørt, at hun allerede har nogle gode træk. Det vil blive en meget lykkelig familiegenforening. "Hun begyndte at pakke papiret sammen igen. Det knitrede. "Jeg har hørt, at det er sundt at savne. Det gør båndet stærkere."

Han vidste ikke, hvad han skulle sige til det, så han lod være. Gemte en knyttet næve i lommen og stirrede på kludene endnu mere intenst. De var slidte.

"Det ville selvfølgelig være nemmere bare at opføre den her bygning i din landsby, så det gør vi, hvis Riley skulle vinde. Det ville være åndssvagt at begynde at flytte to. Det ville bare kræve dobbelt så meget arbejde."

"Så jeg kan kun få lov til at blive, hvis Riley vinder?" spurgte han overasket. Hans håndflader var svedige.

"Det var ideen."

"Okay." Han forstod det ikke, men han vidste, at han ikke måtte stille nogen spørgsmål. Det ville ophæve den lille boble, de havde bygget op med, at alt var okay. Noget, han ikke havde tilladelse til at gøre.

"Så du kan godt følge mig?" Hun løftede øjenbrynet. Der lå mere bag hendes ord, men han kunne ikke gennemskue det. Det fik det til at sitre i hans fingerspidser af vrede, der ikke måtte være der.

"Ja."

"Godt, så er vi vist også færdige her. Vi mødes alle sammen ude på pladsen om femten minutter, også begynder filmningen. "

Freeman gik ud og lod døren stå åben. Han kiggede stadig ned og kunne høre hoveddøren smække. Det virkede simpelthen for absurd.

Hans ben førte ham hen til trappen, hvor han satte sig. Det var svært at vide, hvordan han skulle have det. Glad? Trist? Lettet? Narret? En ting var, at han ikke havde lyst til at flytte til New York, som han afskyede mere end noget andet, men noget helt andet var, at de prøvede at gøre det til en fordel, at Riley vandt. Havde det været omvendt, ville det give mening.

Jasper mærkede nogle hænder lukke sig sammen om hans og et hoved lægge sig mod hans skulder. Han lukkede øjnene og åndede den parfumerede duft ind.

"Var det slemt?" Det var Graces stemme.

"Overhovedet ikke." Jasper sukkede. "Jeg tror fand'me, at det er det, der gør det slemt. Giver det mening?"

51

"Nej ... men det er der heller ikke særlig meget, der gør."

Grace tog fat om hans overarm og kørte fingrene i cirkler. Han åbnede øjnene og så dem. De gule blomster kørte i cirkler, der aldrig endte.

Det var uhyggeligt, så nemt det var bare at blive en anden. De filmede hver og en af pigerne, mens de steg ud af limousinen i deres prangende kjoler og med ansigter, der var tildækket af makeup. Hver replik kom som det mest naturlige i verden. Det var blevet sådan for ham, at det unaturlige kom naturligt, og det naturlige kom unaturligt.

Riley fumlede rundt i sine replikker. Kamerafolkene grinede, men der var ingen irettesættelse for det. Hun var bare det kort, der skulle være der for hans skyld. Så var det lige meget, om hun snublede i sine stiletter, så ned eller sagde replikkerne mekanisk. Pointen var ikke, at hun skulle klare det godt. Eller skidt. Pointen var noget helt andet end hende. En ting, som han nu var endnu mere fuldstændig klar over.

Mørket havde for længst lagt sit tæppe over verden. De var lige netop kommet hjem fra optagelserne og var på vej ud i natten for at gå en tur. Jasper kunne mærke på måden, Riley holdt sine hænder i jakkelommerne på, at han ikke skulle prøve at tage hendes hånd.

"Jeg tror, min mor havde ret," hviskede Riley. De havde ellers gået i stilhed, til lyden af byen, der stadig kørte i fuld drift. Som en film, der aldrig sluttede, men sad fast i en evig udtoning.

"Ret i hvad?"

"Det ville være for ondt at sige."

Hans hænder pillede ved lommens stof. "Jeg er ligeglad."

"Hvis jeg havde været klog, havde jeg holdt mig væk," hendes stemme lød grådkvalt. Det gjorde den sjældent. Hun rømmede sig og tog hånden op til halsen.

"Det havde hun helt sikkert ret i."

"Det er bare for sent nu," sagde Riley.

"Du burde have haft et andet liv, men det er der ikke noget at gøre ved nu. Vi er der, hvor vi er."

"Og jeg skal have hævn."

"*Og* du skal have hævn," gentog Jasper.

"Det er en mærkelig ting at leve på. Altså hævnlyst, men det er effektivt. Ingen tvivl om det."

"Du kunne også leve bare en lille bitte smule på kærlighed. Bare som et ekstra brændstof, så du ikke løber tør."

Riley stoppede op og lagde hænderne om hans nakke. Hun kyssede ham, og han huskede, hvordan deres næser var stødt ind i hinanden, første gang de gjorde det. Det føltes rigtigt nu, og alligevel var der en lille del af ham, der ikke syntes, at det var rigtigt, fordi det var for trygt.

Hun trak sig væk og satte panden mod hans. "Kærlighed er forfærdeligt. Jeg nægter fand'me at lade det holde mig oppe."

"Elsker du mig?"

Riley svarede ikke, imens de gik tilbage mod hotellet. Han tændte en smøg og besluttede sig for aldrig mere at spørge hende igen. Uanset hvad.

Digitaluret viste 00:15, da han kom tilbage til sit værelse. Selvom det første afsnit ikke engang var færdigt, tjekkede han stadig meningsmålinger på sin computer. Han kunne se alle de gamle, han havde været med i, og hvordan han havde været placeret i forhold til de andre deltagere. Der var selvfølgelig ikke kommet nogen nye meningsmålinger op for programmet, der ikke var blevet lavet. Af en eller anden grund havde han bare haft brug for at se det.

Kapitel 12

Okay. Det var okay. Den fornemmelse fik han hurtigt. Seerne var interesserede nok i Riley til at beholde hende lidt endnu, på trods af de tørre præsentationer, hun havde leveret i det første afsnit. Hun var jo pigen, som han havde været Grace utro med, og seerne var helt sikkert nysgerrige efter at se det drama, der skulle udspille sig imellem Grace og Riley. Var det nok til at beholde hende hele vejen? Overhovedet ikke. Ikke engang tæt på, men det var nok til at holde tingene hen.

På et lille, trekantet træbord lå der ni roser og stirrede op på ham. De havde flere torne end de fleste roser. Den slags, man ikke kan se. Jasper samlede den første op og strejfede bladene med sine fingrespidser. Hans læber sagde et navn. En pige, der hed Kayla, med krøllet rødt hår og en sort kjole med en sløjfe over brystet, stillede sig over for ham og smilede det nervøse smil, som folk elskede hende for. *Så yndig, så uskyldig.*

"Vil du tage imod den her rose og blive hos mig?"

Kayla smilede og stillede sig på tæer for at kysse Jaspers mund.

"Der er intet, jeg hellere ville."

Endnu en pige. Endnu en rose. De stillede sig i en række bag ham og smilede indsmigrende til kameraerne. Grace bed tænderne sammen og knugede om sin rose med sammenknebne øjne. En professionel. Så dygtig, at det skræmte ham, fordi han vidste, at seerne aldrig ville stemme en pige med så meget overbevisning ud, hvis ikke der skete noget drastisk.

Rileys hånd rystede, da hun tog sin rose. Bladene på den var lysere end de andres.

Til sidst stod to piger tilbage foran ham, begge med bedende blikke. Kameraerne summede lavt, mens de zoomede ind på pigernes ansigter. De var begge to fra nogle af hans første sæsoner.

"Lauren og Paige," sagde han, mens han tog rosen. Monologen stod så klar i hans hoved, at man let kunne tro, at det var hans egne ord. "Jeg har virkelig nydt de første par dage med jer, og I er begge to fantastiske piger. Desværre kan jeg kun vælge en af jer til at blive. Det har været utrolig svært, og jeg kender jer næsten ikke mere, men inderst inde har jeg allerede taget en beslutning lige fra starten. Jeg vil gerne lære dig bedre at kende igen, Paige, så hvis du har lyst, vil jeg meget gerne beholde dig."

Den valgte pige løb ind i hans favn, som om hun hverken havde stiletter eller medfølelse nok til at holde sig tilbage. Over skulderen mimede Jasper undskyld og blinkede til den vragede pige ved navn Lauren. Hun havde knyttede næver, og kæben var bidsk.

Paige stillede sig over til de andre piger med rosen i hånden.

"Beklager meget, Lauren, men det går altså ikke," sagde Jasper. Halvdelen af hans mimik var overbærende og den anden sarkastisk.

Lauren trak foden op, så hun balancerede på ét ben, og hev sin sko af. Hun jog skoen imod Jasper, men den ramte det trekantede bord, præcis som den skulle. Hun havde vejrtrækningsproblemer, og hele hendes krop var opspændt. "Du er den største nar, jeg nogensinde har mødt! Jeg fatter simpelthen ikke hvordan der står ni piger derovre og er klar til at tilbringe resten af livet med dig, dit utro svin! I fatter det slet ikke, eller hvad?! Har ingen af jer set forsiderne ...? Og hvad med dig, Grace? Har du virkelig ikke nogen stolthed?! Det her er det mest lang ude ..." Grace trådte et skridt frem fra rækken med fingeren rettet mod Lauren. "Det er ikke vores skyld, at han ikke kan holde ud at tilbringe mere end en dag med dig! Og du kan lige vove på at vende min tilgivelse til noget negativt. Det har intet med dig at gøre!"

"Jeg siger bare, at hele det her program er langt ude, og at I er endnu mere langt ude! Helt ærligt, Grace, du virker rigtig sød. Du fortjener ikke at være sammen med nogen, der er så ligeglad."

Grace placerede hånden i siden. Skød hoften frem. "Du kender mig ikke, så lad være med at få det til at lyde, som om du gør!"

"Jeg siger bare, at han er det største svin, der findes, og at ..."

Klask. Pigerne hvinede, og Jasper kørte en hånd gennem sit hår. Lauren tog sig til kinden, det stod hvor Graces hånd netop havde ramt. "Jeg vælger at se igennem fingre med det der og tilgive dig, selvom det her virkelig er noget af det mest langt ude, jeg nogensinde er blevet udsat for." Lauren så rundt i lokalet og kneb øjnene sammen, da hun kom til Jasper. "Jeg håber, at I bliver klogere, piger. Det gør jeg virkelig."

Hælene klikkede farvel, imens hun gik ud af rummet, stadig med hånden på kinden. Grace lagde armene over kors.

"Og cut!" råbte instruktøren Freeman. Hun klappede tre gange med hænderne og rejste sig fra sin stol. "Rigtig fint arbejde i dag, I kan være stolte af jer selv. Jeg vil gerne veksle et ord med Grace, før hun tager til hotellet, og ellers kan resten af jer bare tage tilbage nu."

De gik udenfor, og Jasper trak en smøg op imens. Satte ild til den og lod spidsen brænde. Limousinen var ikke dukket op endnu, så han satte sig på trappestenen og ventede. Han kunne se, hvordan Riley begyndte at gå. "Hey!"

Hun vendte sig om, bleg i ansigtet, med armene klamret om sin krop som et tæppe. "Hvad er der?"

"Hvor skal du hen?"

"Bare ud at ligge på græsset," mumlede hun.

"Må jeg gå med?"

"Er du okay, hvis du ikke gør?"

Jasper trak på skuldrene. Hans hals sitrede. "Det er vel okay."

"Tak."

Han fulgte hende med øjnene, mens hun lagde sig på græsset med knæene trukket op og brugte hænderne som hovedpude. Han ville gerne vide, hvad hun tænkte, men samtidig var han også taknemmelig for, at han ikke vidste det.

Nogen satte sig ved siden af ham uden at sige et ord. Hendes blik var tomt, og hænderne dirrede.

"Er du okay, Grace?" spurgte han.

Hun smilede. Nikkede. "Selvfølgelig … Jeg er bare lidt overvældet af optagelserne, det er det hele."

"Er du så glad for, at du endelig har fået lov til at træde i karakter? Ikke kun blomsterpigen Grace, men også fighteren. Det må da være noget?"

"Jeg er ligeglad." Grace pillede ved kanten af sin sko. "Hvad med dig? Hvordan har du det med, at de har gjort det til omdrejningspunktet for serien, at du skal bevise, at du ikke er den nar, alle tror, du er?"

"Jeg synes det er meget *originalt* fundet på af dem." Han hostede og hun grinede uden rigtig at grine.

"Det kunne jeg forestille mig," svarede hun og gjorde et kast med hovedet i retning af Riley. "Hvad laver hun?"

"Jeg tror bare, at hun …" Han tog et ekstra langt sug. Røgen snoede sig ud mellem hans læber. "Ja, prøver på at være."

"Hun virker lidt kryptisk."

"Kvarterlederens søn slog hendes mor ihjel, kort tid før hun fik sit brev. Det var det eneste familie, hun havde, så jeg tror bare, hun skal bruge noget tid," sagde han.

"Retssystemet er også sindssygt. Jeg ved ikke, hvad der sker for den regering, vi har."

56

Han skoddede cigaretten mod trappen. "Det ved jeg ikke en skid om."

"Nej, det gør de fleste ikke."

De sagde ikke mere, før limousinen holdt på gårdspladsen.

"Må jeg spørge dig om noget?"

Jaspers skuldre lavede et overrasket hop, fordi han ikke havde lagt mærke til at hun var kommet ind. Grace stod i døren med håret rutsjede fra sit ansigt til den hvide pyjamas.

"Jeg hørte dig slet ikke komme ind," mumlede han.

Det var sent, men ikke sent nok til, at han var gået i seng. Man skulle tro, at han havde lyst til at korte dagene ned til så lidt som muligt, men natten gav ham alligevel en form for ro. Især når gardinerne var trukket for, og han kunne lade, som om byen ikke råbte på ham.

"Undskyld, men du svarede ikke på spørgsmålet," sagde hun.

"Spørgsmålet, om du måtte stille mig et spørgsmål?"

Grace nikkede.

"Du kan altid prøve."

Hun trak en skrivebordsstol ud og satte sig på den, mens hun så ned. "Du vil rigtig gerne have, at Riley vinder, ikke?"

"Selvfølgelig."

"Jeg har bare tænkt over det, og jeg er bange for ..." Hun klamrede med hænderne om stoffet på pyjamasbukserne. "Jeg tror ikke, hun kan vinde. "

"Det ved jeg sgu da godt, men hvad fanden skal jeg gøre?"

Graces læber bævede, og hun måtte vende blikket op i loftet. Blinke ekstra mange gange. "Jeg har ikke lyst til at blive gift med dig. Hvis hun ikke vinder, ved jeg, at jeg gør. Igennem de sidste to år er de blevet ved med at sætte os to sammen igen og igen og ..."

"Tror du virkelig, at jeg ville være så forfærdelig at være gift med?" fnyste han. Det virkede som en mærkelig vinkel på det.

"Jeg tror, at det ville være bedst for alle, hvis du fik Riley."

Han svarede ikke.

"Det er vel også det, du vil, ikke?"

Jasper nikkede.

"Hvis det skal ske, bliver du bare nødt til at tage hårdere metoder i brug," sagde hun, mens hun pillede ved sit hår og sukkede. "Jeg tror godt, du ved, hvad jeg mener."

Jasper lagde hænder på knæene og prøvede at finde et ansigtsudtryk, der passede. En maske, i kassen af følelser, der ikke var følelser, men der var ingen til lejligheden. Det her var nemlig *noget.*

Det var ikke, fordi han ikke havde tænkt over det før. Faktisk havde han underbevidst tænkt meget over det, uden at give sig selv lov. Han vidste ikke, om det var det værd, men på den anden side ville han miste al tryghed, hvis ikke Riley vandt.

Han så ned på sine hænder. Hænderne, der var hans, men alligevel tilhørte *dem* lidt. Det kriblede i dem. Usikkerheden prikkede mod huden og ville ud. Han kunne ikke engang fremtvinge en vrede. Hvis han gennemførte det, ville det være det værste, mest grænseoverskridende, han nogensinde havde gjort.

"Undskyld, at jeg blev nødt til at sige det til dig, Jasper." Grace forventede ikke et svar, og hun lukkede forsigtigt døren efter sig.

Stilheden skreg ham ind i hovedet, da han prøvede at sove, og tanker snoede sig ind fra alle sider. Hvordan kunne noget så forkert give ham noget så rigtigt? *Måske får du ikke noget godt af det,* hviskede en stemme fra hans hoved.

Kapitel 13

Dagen efter var en fridag, der skulle bruges til at lære replikker og klargøre sig til aftenens fest. Anledningen var en hyldest til programmet, havde Freeman sagt, da hun informerede dem om dagens begivenheder. Jasper var klar over, at det bare var en undskyldning for at tjene flere penge.

Han brugte sin dag på at stirre på Rileys sovende skikkelse. Hendes åndedræt og den lille lyd, hun lavede, hver gang hun pustede den gamle luft ud. Han brugte dagen på at samle viljekraft til at vække hende, men kunne ikke. Hun havde brug for søvn, og han havde gjort rigeligt. Hendes lille hånd klamrede sig til dynen, som om hun prøvede at fastholde noget. Ansigtet var neutralt.

Til forberedelse gav de ham makeup på og bad ham om at vise al sin mimik for at dække de fejl, ansigtstrækninger kunne give. Makeupartisterne grinede over alle de ansigter, han kunne lave, og måtte beherske sig, for at deres kroppe ikke skulle ryste af latter, når de kørte makeuppenslerne over hans kinder. Selv fortrak han ikke en mine over deres morskab. Stylisten havde lagt et par cowboybukser, en sort T-shirt og en blå blazer klar til ham. De havde stadig den usagte aftale om ikke at tale sammen. Det passede Jasper perfekt.

På limousineturen ned til festen åbnede Freeman en flaske champagne og bad dem med en skinger stemme om at skåle. Det gjorde de. Glassene klirrede mod hinanden og havde deres egen lille samtale, næsten som for at kompensere for den snak, der ikke var. Boblerne kildede hans mund som små prikker, der eksploderede.

Festen var allerede i gang, da de ankom. Han kunne mærke den høje musik under sine fødder, mens han så op på Freeman, der havde stillet sig op på scenen for at melde deres ankomst. For at sige, at nu var deres små underholdningsdukker ankommet for at gøre dem tilfredse. Det var selvfølgelig *ikke* de ord, hun brugte. Det lå alt sammen imellem de rigtige ord og stemmeføringen som små linjer, så hver og en til festen ville kunne gennemskue det hele, hvis de havde lyst. Jasper tog et glas med vin og rystede svagt på hovedet.

Pigen med det lyse hår, der havde kysset ham sidste gang, var den første til at nærme sig ham. Hun klirrede sit glas mod hans og blinkede ekstra med de lange øjenvipper, der strejfede hendes kind ved hvert blink.

”Har du savnet mig?” spurgte hun.

”Hvordan kunne jeg ikke?”

”Det tør jeg vædde med, at du siger til dem alle sammen,” sagde hun og blinkede med et lumsk smil.

”Måske, men der er kun meget få, hvor jeg mener det.”

”Aww, og jeg er en af dem?” grinede hun.

”Du er en af de helt særlige.”

"Det er jeg glad for at høre, men man kan jo heller ikke bebrejde dig for at synes det." Hun tog en slurk af glasset.

"Må jeg spørge dig om noget?" spurgte Jasper med hænderne placeret i bukselommerne.

"Alt."

"Tror du, vi kunne mødes en dag under fire øjne? Der er noget, jeg gerne vil sige til dig."

"Aha," hviskede hun forførende og lagde en hånd på hans overarm. "Det kunne måske godt arrangeres, min skat. Du kan lige få mit nummer, og så kan vi finde en dag."

Pigen satte glasset fra sig og begyndte at rode sin taske igennem, indtil hun til sidst trak en kuglepen op og klikkede den ned. På hans håndled skrev hun hurtigt 8 cifre, før han kunne nå at protestere. Hans krop var hans værktøj, og *de* ville ikke blive begejstrede, hvis de fandt ud af, at han havde ladet nogen skrive på ham. Han skulle til at viske det væk, men hun stoppede hans hånd.

"Lad være. "

"Jeg har noget papir, du kan skrive på i stedet for."

"Du er min, så du har bare ikke at tage det væk!" Hendes ansigt blev pludselig meget alvorligt og hun gik væk. Forsvandt ind i mængden af mennesker.

Han så ned på nummeret. De ville sikkert ikke opdage det, så han lod det være. Det var alligevel nemmere.

Resten af aftenen gik med at samle numre ind fra de andre piger. Det var intet problem. Nemmere, end han havde troet. Nemmere, end han havde frygtet. Til sidst lå der over femogtyve pigenumre i hans lommer, og der stod et ned over hans arm.

Alle deltagerne blev kaldt til festens baglokale. Pigerne fik deres sorte korsetter og stiletter på. Deres læber blev malet røde, og deres kinder fik en lyserød blush på.

"Værsgo at tage jeres te," sagde dagens blanderkvinde. Hun havde røde negle, der matchede pigernes læber.

Blandingen var varm og føltes fedtet mod hans læber. Den smagte sødt. Sødt, sødere, sødest.

Sengen, han blev ført ind til, føltes blød. Lige så blød som sengen på Carellas værelse. Han tænkte, om de to ting havde en sammenhæng, men det kunne de ikke have. Det var to forskellige verdener.

I dag nåede han at høre døren smække. Nåede at se en skikkelse i noget gult. Høre knapper, der gik op. Mærke hænder, blødere end nogen af sengene. Og først derefter, fred.

Dagen efter var sløret. De optog, og en af pigerne røg ud. Jasper kunne ikke huske hvilken. Bare, at det ikke var Riley eller Grace. Han gik rundt med hovedpine hele dagen, og alligevel fik han et klap på skulderen af Freeman. Han snakkede med Riley en gang i løbet af dagen. Spurgte hende, hvordan det gik. Som om de var fremmede. Det eneste, hun svarede, var: "Jeg bliver nødt til at finde ud af det." Et svar, der ikke passede til spørgsmålet og endda spredte endnu flere spørgsmål. Et omvendt svar, og så alligevel ikke. Han spurgte hende ikke om mere.

Natten var klar. Nervøsiteten kildede fra Jaspers fingerspidser, mens taxaen kørte. Lysene blinkede fra byen, og han savnede et gitter, som man kunne sætte for vinduet. Chaufføren var en ældre herre med markante rynker under øjnene. Det lignede en skygge, der havde sat sig fast. Hans hænder var rynkede og ru. Jasper gav sig til at stirre på dem.

"Min datter elsker deres programmer," sagde han forsigtigt. Som om han prøvede Jasper af.

"Hmm," mumlede Jasper og trak på skulderne. "Hvad med Dem?"

Manden grinede. Han havde en venlig latter. "Ikke lige min kop te."

"Nej, heller ikke min."

"Interessant," sagde manden lavt.

"Hvad hedder du?"

"Mit navn er Johan Smith."

"Det lyder lidt bekendt," sagde Jasper og vendte blikket udad igen.

"Jeg var journalist for mange år siden, men de fleste kan ikke huske det nu. Jeg skrev om politik dengang, men de fyrede mig.

Aviserne solgte simpelthen ikke, for folk jo hellere se realityshows nu og læse om sladder. Det er tydeligvis vigtigere."

Jasper vidste ikke, hvad han skulle sige til det. Han ville gerne sige, at han var en af dem, der ikke var sådan, og at han faktisk interesserede sig for politik og for, hvad der foregik i verden. Det virkede bare forkert at lyve.

"Og så blev du taxachauffør?"

"Ja ... Der er jo altid nogen, der skal et eller andet sted hen."

Taxaen holdt ind til siden foran en stor villa, som var svær at se ordentligt for natten. Jasper stak chaufføren fem hundrede kroner og takkede ham for turen. Han røg en cigaret, inden han gik hen til hoveddøren. Hans håndflader var svedige, da han ringede på.

Pigen med det lyse hår stod i døren. Hun havde en lårkort sort kjole på og lyserøde plateausko. "Jeg har ventet på dig," sagde hun og kørte hånden op ad døren.

"Kommer jeg for sent?"

"Selvfølgelig, men det er sådan, du er." Hun lagde armene om halsen på ham og kyssede ham hårdt. Han kunne mærke, at hele hans krop var i modvilje, før hun endelig trak sig væk. "Bare lige så du ved det, så er min far ikke hjemme."

Pigen trak ham ind i huset og lukkede døren bag dem.

Kapitel 14

Pigens negle var orange. De trak Jasper ind i stuen og skubbede ham ned i sofaen. Den var hård, og pejsen gjorde rummet lunt. Hun satte sig på hans skød med et ben på hver side. Hænderne begyndte at pille ved hans skjorte og knappe op.

"Vi bliver nødt til at snakke sammen," afbrød han hende.

Hun løftede et øjenbryn og rystede på hovedet. "Jeg har ikke lyst til at tale lige nu." Drillende slikkede hun på hans hals og rodede i hans hår samtidig.

"Du bliver lige nødt til, at holde op et øjeblik."

Pigen sukkede og hoppede af hans skød. Armene blev lagt over kors, og mundvigene pegede dramatisk nedad. Tydeligvis vant til at få, hvad hun vil have, tænkte han.

"Vi bliver nødt til at lave en aftale."

"Jeg laver ikke aftaler med folk, der afviser mig," vrissede hun og strammede armene tættere omkring sig.

"Hey, smukke. Jeg har overhovedet ikke afvist dig, jeg har bare brug for at gøre reglerne for det her klare. Okay?"

"Okay," sukkede hun. "Hvad er det, du gerne vil sige?"

"Jeg har brug for at få Riley til at vinde, men jeg tror ikke, hun har særlig gode chancer lige nu. Din far bliver nødt til at investere i hende, for at hun har en chance. Hvis du får ham overtalt til det, er jeg din hele natten."

"Riley?" Gentog pigen. Hun lød irriteret.

"Ja, det er, ligesom vi snakkede om. Jeg har bare ondt af hende," sagde Jasper og aede pigens arme. Det føltes akavet.

"Hvorfor vil du så gerne have, at hun vinder? Hvis du har ondt af hende?"

"Jeg har meget ondt af hende, okay?" svarede han. Pigens krop var anspændt, så han kyssede hendes skuldre. Hårene rejste sig ned ad hans arme.

"Elsker du mig?" spurgte hun og smilede, så et hvidt tandsæt tittede frem.

"Meget højt."

"*Meget meget* højt?" spurgte pigen.

"Meget meget højt."

"Så er det okay. Jeg stoler på, at der er en god grund til, at du gerne vil have, Riley vinder, så jeg snakker med min far i morgen. "

"Tak."

"Nu gider jeg ikke snakke om hende tøsen mere, nu er det kun mig, det skal handle om, " sagde hun og rejste sig op, mens hun trak ham efter sig.

De kom til hendes værelse. Der var stativer med tøj og plakater overalt med alle realitystjernerne. Hendes sengetøj var lyserødt og lagnet sort. Jaspers blik vandrede rundt på plakaterne, mens hun tog sin kjole af. Han så sig selv i loftet og hørte noget ramme gulvet. Hendes hænder rev skjorten og bukserne af ham. Bestemmende lagde hun sig over ham og knappede sin overdel op, mens hun guidede hans hænder. Grace var også i loftet, i en rød blomsterkjole, og Maddie var der og hans far som ung. Absurd. Det sidste tøj røg. Han prøvede at finde Riley på væggen, men hun var der ikke. Han stirrede på sig selv, mens pigen stønnede hans navn. Han kunne ikke engang huske hendes. Han kunne huske alle sine replikker fra de sidste tre afsnit, men han kunne ikke huske navnet på pigen, der lå over ham. Hun rystede og bevægede sig hurtigere. Han stirrede på sig selv. Det selvsikre blik og den arrogante attitude. Mon hun strakte sig på tæer for at kysse plakaten godnat, inden hun gik i seng? Kiggede hun på ham hver nat, indtil hun faldt i søvn? Elskede hun ham? Han stirrede på sig selv, indtil hun trillede om på siden med armene omkring ham.

"Var det godt?" spurgte hun.

Jasper nikkede. Han kunne ikke få sig selv til at sige noget. Han rejste sig og tog sit tøj på igen. Hendes blik stirrede på ham fra sengen imens. "Du går ikke, vel?"

"Jeg bliver nødt til det, jeg skal optage i morgen tidlig. Du vil gerne have et godt program, ikke?" spurgte han. Hans stemme var hul.

"Du sagde, at du var min hele natten."

"Jeg er din altid, men jeg bliver nødt til at være klar til at optage."

"Okay, det forstår jeg godt," svarede hun og rejste sig for at slynge kjolen over hovedet.

De fulgtes hen til hoveddøren, og hun kyssede ham farvel, mens hun maste deres kroppe sammen. "Sig, at du elsker mig, igen."

"Det gør jeg," sagde han. Hans hænder rystede.

Mens han ventede på, at taxaen skulle dukke op, så han op på himlen. Det var overskyet. Han balancerede en smøg i mundvigen og prøvede at få den ulækre smag, han havde i munden, væk. Det var ikke første gang, det var sket, og det var han klar over. Men det var første gang, han havde været vågen.

Vandet skyllede ned over ham. Jasper havde stået derinde i næsten en time og brugt en hel beholder af sæbe. Han tørrede sig ekstra hårdt med håndklædet, så hans overkrop blev rød. Glasstumperne, der lå på håndvasken og ud over gulvet, var duggede. Han havde ikke samlet dem op, efter at glasset blev smadret. Inderst inde håbede han lidt, at han ville træde i det. Han kunne ikke mærke, om han allerede havde gjort det.

Jasper tog en sort T-shirt over sig og nogle løse bukser. Han lukkede døren til badeværelset og gik ind i soveværelset. Der lå en skikkelse på hans seng, med en dyne og hovedpude over sig, så man kun kunne se silhuetten. Der var kun én person, der ville gøre det. Han fjernede hovedpuden. Under den lå hun, med sit korte, skæve hår og helt uden makeup. Hun lignede sig selv.

"Hvad er der sket med håret?" spurgte han.

"De ville skifte mine extensions, så de tog de gamle ud og sætter de nye på i morgen."

"Det klæder dig."

"Hvad er der sket med din hånd?" spurgte Riley. Han lagde den ved siden af hendes hoved, og hun rørte forsigtigt ved den med rystende fingre.

"Jeg var vred."

"Hvorfor?"

"Det er ikke noget, der betyder noget," svarede han.

"Hvis det var rigtigt, var du ikke blevet vred. Kan du overhovedet optage i morgen?"

"De er sgu så gode til at få tingene til at se anderledes ud, end de egentlig er. Det gør ikke engang ondt."

"Jeg kan ikke lide, at du skader dig selv," hviskede hun og så forsigtigt på ham.

"Hvorfor?"

"Det kan jeg bare ikke."

Der var en pause og hun satte hænderne for ørerne. "Vil du ikke nok snakke? Mit hoved larmer så meget."

"Jeg ved slet ikke, hvad jeg skal sige," svarede Jasper og trak på skulderne.

Riley satte sig op. Hun lagde armene om hans skuldre og hvilede hovedet der. "Må jeg ikke sove hos dig i nat? Det er bedre, når der er nogen."

Nogen. Han brød sig ikke om den betegnelse. "Larmer dit hoved så ikke?"

"Det hvisker kun."

"Hvis du har brug for det, må du gerne."

Han lagde sig ned under dynen til hende og lagde armene omkring hende. Hun duftede af sæbe, men det var ikke en stærk duft, så det gjorde ham intet.

"Jeg kan ikke sove, når nogen rører mig," hviskede hun.

"Er jeg nogen?"

"*Alle* er nogen."

"Er din mor også nogen?"

Jasper mærkede, hvordan hendes krop stivnede. "Hun ... hun er død, så nej."

"Undskyld, at jeg nævnte hende."

"Vil du ikke nok give slip, så jeg kan sove?"

"Engang kunne du godt sove, når man rørte dig."

"Ikke mere."

Han gav slip, som hun sagde, og hun trillede væk, så langt væk i sengen som muligt.

"Min kjole bløder," sagde hun pludselig. "Fra din hånd. Den bløder."

"Jeg tænkte ikke over det."

Han så op i loftet, mens hun trak natkjolen af, så hendes overkrop var bar. Der var stille. Efter nogle minutter fjernede han blikket fra loftet og opdagede, at hun kiggede på ham. Hendes blik var tomt og sad fast ved hans hånd.

"Jeg ville ønske, at jeg var nemmere," mumlede Riley. "Så du ikke behøvede at have så mange problemer med mig."

"Det er okay. Jeg overlever."

Hun rystede på hovedet. "Det er ikke okay." Rystende tog hun fat i hans hånd og førte den op til sit bryst. Han trak den hurtigt til sig igen. "Det behøver du ikke. Jeg har ikke brug for din medlidenhed."

"Det er ikke medlidenhed!" Den rigtige Riley var der. Rødglødende. Normalt ville han tage det som et godt tegn, men det var et dårligt øjeblik.

"Sov nu bare, og så snakker vi om det i morgen," sagde han lavt og vendte ryggen til hende.

Sengen blev lettere. Han kunne høre hende åbne døren til badeværelset og lukke den igen. Døren smækkede. Det var svært for ham at få samlet sine tanker til noget, der gav mening. Han vidste bare, at der stadig lå femogtyve numre i hans lomme, som var femogtyve muligheder for, at Riley kunne vinde. Det var ikke slut endnu.

Kapitel 15

Havet brusede, mens Grace og Jasper gik ned ad stranden med nøgne tæer. De efterlod to skæve rækker af fodspor bag sig.

"Nå, er du så ved at kunne tilgive mig?" spurgte han.

Noget sand gled ud af hendes hænder, og vinden førte det væk, tilbage blandt alle de andre sandkorn. "Jeg prøver i hvert fald stadigvæk. Det er bare svært at stole på dig, og især når vi er her."

"Jeg ville ønske, at jeg aldrig havde dummet mig, men sket er sket. Der er ikke noget at gøre ved det nu. "

"Det er bare så mærkeligt stadigvæk, at skulle se dig sammen med andre piger … Især hende Riley. Altså, hun virker egentlig okay, men jeg kan kun tænke på det, I to gjorde, når jeg ser hende," sagde Grace og smilede til sidst, så et smilehul tittede frem i venstre side. "Men ja, jeg tror bare gerne, at jeg vil videre. Altså, jeg ved ikke, hvor jeg vil videre hen, men jeg tror, at jeg foretrækker, at det bliver sammen med dig. Vi passer godt sammen, og jeg vil gerne slå mig ned snart. Blive gift … Få en familie."

"Er det her din måde at sige, at du har tilgivet mig alligevel?" spurgte han med et blink. Hun daskede til hans arm og rystede på hovedet.

"Så nemt slipper du altså ikke."

"Så jeg skal lide lidt endnu?" Hans øjne lyste op, mens han så på hende.

"Selvfølgelig. Det fortjener du også."

"Jeg var en dum idiot."

"En dum, *selvisk* idiot," rettede Grace ham.

"Men jeg elsker dig."

"Du har bare at vælge mig til sidst, Jasper." De stoppede op, og hun lagde armene omkring hans hals. Strakte sig, for at deres næser kunne strejfe hinanden.

"Jeg kan ikke love noget."

"Det ved jeg godt. Jeg håber bare, at du ikke kunne finde på at svigte mig to gange." Med de ord satte hun læberne mod hans. Jaspers hænder flyttede sig ned til hendes hofte og trak hende tættere på.

De holdt op med at kysse, men havde stadig armene omkring hinanden. Hun lagde hovedet mod hans overkrop og lukkede øjnene. I det fjerne begyndte man at kunne se små prikker af mennesker. Jasper rynkede panden og så ned på Grace. "Jeg tror, de andre er på vej ned til os."

Hun sukkede, men klamrede sig stadig til ham. "Det er så typisk. Lige når man begynder at føle sig tilpas, så kommer de og ødelægger det. "

Jasper sagde ingenting, men kærtegnede hendes ryg, indtil de andre syv piger og Black, som var værten, stod over for dem.

"Vi er meget kede af at afbryde det her, men der er en pige, der skal hjem, så der kun står syv tilbage. Grace, hvis du vil være så venlig at stille dig sammen med de andre," sagde Black og pegede mod rækken af piger.

Grace kyssede Jaspers kind, før hun gjorde, som Black havde bedt hende om.

"Der er syv roser her," sagde Black og fandt den lille buket frem fra sin lomme. Han rakte dem til Jasper. "Du skal nu vælge, hvilke syv piger du helst vil tilbringe mere tid sammen med og potentielt blive gift med til sidst."

Jasper sukkede og vendte øjne. Han så ned på roserne. Splittet.

"Det... Det her er en rigtig svær beslutning, især fordi jeg slet ikke er forberedt. Men jeg vil gerne give den første rose til Grace."

Grace gik de tre skridt hen mod ham og kyssede ham, før hun tog imod sin rose. Det var det første kys, nogen af de andre piger havde set dem udveksle, så de virkede chokerede. Et par stykker så endda rasende ud.

"Jeg vil også meget gerne beholde Isabel."

En korthåret pige i en sort, pailletbesat kjole, der glimtede i aftensolen, gik frem. Jasper blev ved med at kalde piger op, og rækken ved siden af Grace blev længere og længere, til der kun stod to piger foran ham. Riley og sorthåret pige ved navn Sophie.

"Det her er et svært valg. Jeg har ikke kendt dig særlig længe, Riley, men jeg synes alligevel, at vi har et særligt bånd på trods af alt det drama, der har været. Sophie, dig har kendt i lang tid, og vi har lavet mange programmer sammen. Jeg ved, at vi kan have det sjovt sammen og, ja, at vi har en god kemi."

Han holdt en pause og legede med rosenbladene på den sidste rose i hans hånd. Hans hænder var svedige og han brød sig virkelig ikke om skuespillet, når det var over for hende. Det var svært at skelne.

"Jeg tror bare, at jeg er nødt til at satse på det lidt mere ukendte, og derfor vælger jeg dig, Riley."

Riley kom hen til ham og kyssede ham hurtigt. Det var et tørt kys, og han var ikke sikker på, om det skyldtes det, der var sket imellem dem dagen før, eller kameraerne.

"Jeg er meget ked af det, Sophie, men det går bare ikke."

Den mørkhårede pige nikkede og gik hen for at kramme Jasper og pigerne farvel. De filmede hende, imens hun gik ned ad stranden, hvilket sikkert ville blive vist over rulleteksterne.

"Og cut! Udmærket indsats i dag," sagde Freeman fra sin instruktørstol. Hun havde en sort nederdel og en hvid rullekravebluse på. "Jeg vil lige minde jer alle om, at vi der vil blive holdt endnu en fest i aften, så I skal huske at gå ned til forberedelse nogle timer før. Det var alt. "

Jasper tændte smøgen. Det var blevet til en vane, at han altid gjorde det efter en optagelse. For at tørre oplevelsen væk med noget, der kunne gøre ham rolig igen og minde ham om, hvem han var, selvom han egentlig ikke havde nogen anelse.

Det var altid det samme. Forskellige bands, forskellige mennesker, forskellige lokaler, men grundlæggende altid det samme. Jasper bevægede sig rundt imellem menneskerne til festen og prøvede at føre ligegyldige samtaler. Han så et glimt af Riley, der så fuldstændig desorienteret ud. Menneskerne gjorde det svært at få ordentligt øje på hende, og da han endelig kom hen til det sted, hvor han havde set hende, var hun væk. Og så var det tilbage i samme rutine med tom snak og nye mennesker. Jasper fik også indsamlet et par ekstra numre, hvilket både var godt og dårligt. Godt, fordi det kunne give Riley bedre odds. Dårligt, fordi det ville få kassen af følelser, der ikke var følelser, til at vokse. Efter et par timer blev de kaldt til baglokalet. Der var småt, og pigerne måtte sno sig for at få deres korsetter på. Jasper følte sig lille. Han så på Riley og fik lyst til at sige noget. Bare noget, der ville gøre dem til nogen, men han vidste ikke hvad. "Så er de klar." Den mørkhårede kvinde pegede på det hvide havebord foran hende med de otte kopper. Teen smagte ikke lige så sødt, som den plejede.

Der gik lang tid, inden det blev sort. Han nåede at se, at hun havde blondt hår. Røde negle. Hænderne var hverken bløde eller ru. Duften af sæbe var stærk. Han kunne mærke hende pille ved hans krave, også sort.

Det var aldrig sket før, at han var vågnet midt om natten. Teen fik ham altid til at sove længe, men denne her nat vågnede han alligevel. Halvt, i en døsig drømmetilstand. Nogen lå op ad ham. Rystede og gentog noget, der i starten bare lød som ingenting. Til sidst fandt han ord i det. Ord med mening. Hun. Så. Det. Hele.

Kapitel 16

Dråber. Dråber, der klaskede mod noget. Vand. Fra badeværelset. Jasper prøvede at åbne døren derind. Den var låst. Han bankede. Forsigtigt. På hans arm var der et blåt mærke. Han tog sin sorte jakke på. Nu havde han ingen blå mærker. Der blev banket igen. Døren så genert på ham. Han bankede igen. Forsigtigt. Intet svar.

Han gik. Sengen føltes blød. Blødere end Carellas seng? Blødere end sengen i værelset, som han ikke tænkte på? Blødere end Rileys hænder? Eller pigens hænder? Eller den anden piges hænder? Eller den tredje piges hænder? Eller pigen hvis nummer var så højt at han havde glemt dets hænder? Blødere end alle tingene tilsammen? Blødere end vand? Var vand egentlig blødt? Det dryppede stadig. Han stirrede op i loftet.

Der gik lang tid, inden døren gik op, men den gik op. Riley så ned i gulvet. Hendes hår var vådt. Håndklædet, der var viklet om hende, var også vådt.

"Hvorfor åbnede du ikke?"

"Hun var i bad."

"Hvad? Hvem?" Jasper så forvirret på hende. Hans blik var på en dråbe, der slyngede sig ned ad hendes lysebrune hud, der før var bleg.

"*Hun* var i bad," gentog Riley.

"Hvem er det, du snakker om?"

Hun svarede ikke, men pillede ved spidserne af sit hår.

"Du ser helt forkert ud," mumlede han. Hun så stadig ikke op på ham, som om hun havde lavet en uudtalt aftale med gulvet om aldrig at se væk.

"Hun så det hele."

"Hvem er hun?" spurgte han igen.

Hun bed tænderne sammen og trak underlæben op. Hun sparkede til sengen, og han kunne mærke, hvordan sengen som reaktion rykkede sig. "Du forstår det slet ikke, Jasper!"

"Du gør det heller ikke nemt," svarede han og prøvede at bevare roen. At en blev vred, var naturligt. At de begge blev vrede, ville være et kaos. Vreden trippede i hans fingerspidser og han ville ikke slippe den fri.

"Hun sneg sig om i baglokalet i går, før de var gået i gang med at lave teen. Hun bad dem om at lade være med at putte noget i hendes drik, fordi hun havde brug for at se, hvad der foregik, og vide, hvad de gjorde ved hende. De ville ikke, men hun fik dem alligevel overtalt til sidst, hvis hun lovede ikke at sige noget eller slå dem væk imens ..."

Jasper satte sig op og gemte hovedet i sine hænder. Hans ånde blev varm i håndfladerne. "Det er fand'me for mærkeligt, at du omtaler dig selv i tredje person. Hvorfor gør du det?"

"Hun ved det ikke."

"Hold nu op, man." Han turde ikke se op på hende, for han vidste, at det var en anden person, der stod der. Det kunne godt være, at det lignede Riley, men det var ikke hende. De havde ændret hende. De havde ændret det hele.

"Det gjorde ondt."

"Var der mange?" spurgte han. Hans hænder rystede.

"Det ved hun ikke. Hun turde ikke åbne øjnene, men det føltes, som om der var mange."

"Det er det dummeste, du nogensinde har gjort. De bruger den te for at beskytte os, så vi ikke bliver vanvittige af det til sidst. For det, der sker, når man er til stede, mens det sker – du glemmer det aldrig. Det sætter sig i dig og bliver til mareridt, i stedet for bare blå mærker."

Selvom han stadig ikke turde se på hende, kunne han se igennem sine hænder, at hun rystede. Voldsomt. Han havde ikke lyst til at røre hende, og han var sikker på, hun heller ikke havde lyst til, at han skulle gøre det. Det ville nok aldrig kunne blive normalt igen.

"Er det ikke bedre at vide, hvad der sker, end at narre sig selv?"

Han rystede på hovedet. Hænderne var våde, og hans øjne var blevet røde. Han så glasset, der var gået i stykker, for sig.

"Det er naivt at tro," sagde hun.

"Det er naivt at tro, at tingene bliver bedre af, at man ved, hvad de gør ved en. Har du virkelig fået det bedre, efter at du fandt ud af, hvad du gjorde med din krop? Før kunne du lade, som om det bare var din fantasi, der legede med dig. Nu ved du, at det er sex, og du ved, at det er dig, og du ved, at det er resten af dit liv, indtil du bliver for gammel til at være interessant."

"Hun skal heller ikke være her særlig længe! Hun skal kun være her indtil ..."

Det bankede på døren. Jasper sænkede ikke hænderne, men kunne høre hende åbne døren.

"Jeg har en levering, til Jasper White," sagde en fremmet stemme.

Sekunder efter kunne han høre døren lukke og høre fodtrin. Rileys fodtrin.

"Blomster," sagde hun med en tør stemme. Noget plastik rumsterede. "Tak for sidst, jeg håber, at vi kan gentage det. Min far er blevet overtalt. Kys, Lily... Lily?"

"Jeg ved ikke engang, hvem det er."

"Det gør ikke noget, Jasper. Hun ejer dig ikke."

"Hold nu op med at snakke sådan der."

"Undskyld."

"Du må aldrig gøre det igen. Det med teen. Lov mig, at du aldrig gør det igen."

"Hun gør det aldrig igen," sagde Riley. Han sænkede endelig hænderne. På bordet stod der en stor buket roser. De var det første, hans øjne så mod, og bagefter samlede han mod til at se på hende. Hun lignede sig selv, men det var hun ikke.

"Hun kan ikke lide, når du har det dårligt."

Riley satte sig på sengen ved siden af ham og strejfede hans hånd. Det fik hårene på hans arme til at rejse sig. Han vidste ikke, om det var på den gode eller den dårlige måde.

"Din hånd har fået det bedre," bemærkede hun.

"Den gør stadig ondt, men du har ret i, at den ser bedre ud."

"De er gode til at få ting til at se bedre ud," svarede hun. Deres øjne mødtes.

"De er perfekte til at få ødelagte ting til at se perfekte ud."

Natten forekom uendelig, mens taxaen kørte rundt. Det var en stille aften. Lysene og larmen var svag, hvilket gjorde det til en god aften. Han havde fire aftaler, som ventede på at tage imod ham. På sin computer kunne han se, at Rileys placering i forhold til de andre deltagere var begyndt at se bedre ud, men slet ikke godt nok. Han blev nødt til at gøre mere. Han blev nødt til at gøre alt, hvad han kunne.

Han ankom til et hus og gik igen kort tid efter. Ankom. Gik. Ankom. Gik. Ankom. Gik. Han prøvede ikke at tænke på alt det imellem. Dagen efter røg endnu en pige hjem. Flere aftaler. Flere gange, hvor Riley omtalte sig selv som "hun." Flere fester. Mere te.

Mere "hun". Endnu en pige røg. Flere aftaler. Fest. Numre. Endnu en pige tog hjem. Fire piger tilbage, og Riley var der stadig.

Natten så uendelig ud, når han kørte i taxaen, men da de holdt ind ved et nyt hus med hvide facader, der fik det til at skrige op i natten, var han klar over, at verden var lillebitte. Det var i hvert fald det, han håbede. Lillebitte og med ikke særlig mange mennesker. Ikke særlig mange at ødelægge.

Kapitel 17

Røgen lagde sig som en tynd dis om deres hoveder. Jasper var sammen med endnu et af numrene, der skulle hjælpe Riley med at vinde. Hun var en af de få, han vidste hvad hed. Naya. Og så var hun køn på den diskrete måde, med markante øjenbryn og en naturlig chokoladebrun hud. Han kunne godt lide måden, hun røg på. De lange sug, hun tog, og måden hun pustede røgen ud på imellem de mørkerøde læber.

"Prøv at fortælle mig om hende," sagde Naya. De sad i vindueskarmen på hendes værelse, og bag dem var lagnerne krøllede.

"Hvad snakker du om?"

"Nu skal du ikke spille dum. Riley, hende pigen du prøver at få til at vinde. Du sælger dig selv for hendes skyld. Hun må virkelig betyde meget for dig."

"Jeg har bare ondt af hende."

"Jeg er ikke en af de fanpiger, der tror, at du vil bruge resten af livet på dem. Jeg kan bare godt lide at få mine behov dækket." Hun grinede. Hendes latter var tynd. Han vidste ikke, om han overhovedet kunne sige det om en latter, men den lød sådan. "Så du behøver ikke at lyve."

"Jeg har kendt hende ret længe. Hun pegede en hvid ræv ud for mig på en mark, og så vidste jeg, at hun var noget særligt." Han sugede længe på cigaretten og overvejede, hvorfor han overhovedet sagde det. Måske havde han bare brug for at snakke om hende. Om noget positivt, fra før hendes mor døde.

"Jeg har kun set røde ræve."

"Ja, det samme her. Det var derfor, at jeg tænkte, hun måtte være anderledes, og jeg havde brug for nogen, der var anderledes." Han kunne allerede mærke, at de var gået over en usynlig grænse. Han brød sig ikke om det, selvom det var hans skyld.

"Du er lidt mere rolig, end jeg havde forestillet mig."

"Er du skuffet?" spurgte han.

Naya grinede igen, mens hun rystede på hovedet. "Jeg er egentlig ret ligeglad."

"Det ville jeg sgu ønske, at der var flere, der var."

"Men prøv lige at forklare mig: Hvordan er det helt præcist, at det hjælper min far at investere penge i Riley? Jeg troede, du selv fik lov til at vælge, hvem du ville være sammen med."

"De, der styrer programmet, laver meningsmålinger for at finde ud af, hvilke deltagere seerne helst vil se vinde. Den pige, der har færrest stemmer, ryger ud, og til sidst står pigen med flest stemmer tilbage. Lige umiddelbart i hvert fald. De fleste ved det ikke, men man kan også investere i deltagerne, hvilket egentlig bare er en pænere betegnelse for at betale penge under bordet, for at ens yndling rykker op på listen og vinder," forklarede Jasper hende.

Naya så lyttende på ham med sine brune øjne.

"Hvor glamourøst," sagde hun og rullede med øjnene.

"Det er bare sådan, det er. Jeg har lært at leve med det."

"Så nu tager du rundt og har sex med folk, så de vil investere penge i din veninde?" spurgte Naya. Det var svært at høre, om hun var chokeret. Han syntes ikke, hun virkede som en, der blev chokeret. Hun smed skoddet af sin cigaret ud ad vinduet.

"Jeg bliver nødt til det. Der er ret meget på spil, og det er ret indviklet at forklare."

"Jeg ved ikke rigtigt, hvad jeg skal sige." Hun pillede ved sit hår og rettede blikket mod vinduet. "Undskyld?"

"Bare sørg for, at din far får investeret de penge, og så har du ikke noget at undskylde for."

Jasper hoppede ned af vindueskarmen og begyndte at gå. Naya så ikke tilbage, men han kunne se hende sætte ild til endnu en cigaret. Han kunne godt lide, at hun havde så meget kant. Hun mindede på mange måder om Riley, hun var bare blevet født et andet sted, med andre normer. Det var nok sådan, Riley var blevet, hvis hun også var opvokset i New York. At tænke på det gjorde ham både glad og trist på samme tid.

"Er du faldet for mig endnu?" sagde Riley tørt. De sad ved et fint restaurantbord, hvor de hver havde fem glas, der var sorteret efter størrelse. En fransk vin. En stak af tallerkner. Forskellige slags gafler, skeer og knive, som lignede hinanden, men alligevel ikke var ens. "Eller er jeg bare et eksperiment, for at se, hvor meget Grace vil finde sig i?"

"Hvad mener du?" spurgte Jasper og stablede noget salat op på sin gaffel. Den glimtede.

"Det irriterer hende jo tydeligvis, at jeg stadig er her. Så jeg vil egentlig gerne vide, om du helt oprigtigt kan lide mig eller bare bruger mig for at prøve hende af?"

Han slap gaflen og lagde hånden over hendes. "Selvfølgelig kan jeg lide dig. Det kan godt være, at det var en fejl, vi to var sammen i første omgang, men der var jo stadig en grund til det. Vi har et eller andet sammen. Kan du ikke mærke det?"

Hun nikkede svagt. "Jeg er bare altid i tvivl om, at du kan mærke det."

"Det kan jeg godt forstå. Du kan også først føle dig sikker, hvis jeg vælger dig."

Hun tøvede lidt, og han kunne se, at hun havde problemer med at huske replikken. "Øhm, har du egentlig overvejet det? At vælge mig?"

"Lige nu overvejer jeg alle. Der er jo også kun fire tilbage, så alle dem, jeg har beholdt, betyder et eller andet for mig. Det bliver et svært valg."

Riley løftede sit glas og fugtede læberne. "Lad os lade være med at tænke på det og bare skåle for den her aften og hinanden."

Han smilede og løftede sit glas i samme højde som hendes. "Det synes jeg er en god ide."

Glassene klirrede, og de drak. Efter de havde sat glassene, lænede han sig ind for at kysse hende. Der var ingen kemi i det. Hendes læbe føltes ligeglade og hun virkede nervøs.

"Okay! Cut!" råbte Freeman. De lænede sig tilbage igen, og han kunne lige netop se, at Riley rødmede. "Jeg synes I gjorde det okay. Du skal nok arbejde lidt mere med dine replikker, men ellers fint. I kan bare tage hjem nu." De gik side om side ud til limousinen. Hun havde armene over kors. Han overvejede, hvorfor Freeman altid var så blød over for Riley. Det virkede underligt, især fordi hun slog så hårdt ned på enhver anden, der begik bare den mindste fejl. Man skulle næsten tro, at det var omvendt, fordi de hadede ham så meget. Han brød sig virkelig ikke om det.

De satte sig ind i limousinen, stadig uden at sige noget. De andre to deltagere havde fået tidligere fri, fordi deres dates med ham allerede var blevet optaget. Riley trak benene op på sædet og lagde armene om dem. Hun lukkede øjnene, og efter et stykke tid kunne han høre hendes sovende vejrtrækning. Kroppen sugede luft ind og pustede den ud igen. Han stirrede på hendes lille krop, der bevægede sig til vejrtrækningen, indtil de endelig nåede hotellet.

"Riley, vi er der nu," sagde han og puffede til hende.

Hendes øjne sprang op, og hun så forvirret rundt, indtil hun opdagede, hvor hun var. "Hun blev forskrækket."

"Undskyld," mumlede Jasper. Hun gik ud ad døren, og han fulgte efter lige bag hende. De sagde ingenting på vej op. Det var både rart og ubehageligt. Mest bare akavet.

Det første, han gjorde, da han kom ind, var at lægge sig på sengen og se op i loftet. Det var noget, han var begyndt at gøre tit. Bare at ligge og stirre på det hvide, indtil han blev for træt.

Det bankede på døren. Det tog ham lang tid at komme op fra sengen, for loftet holdt ham nede. Det havde fået en eller anden form for magt over ham.

Der var ingen ude foran hans dør, men til gengæld lå der et brev i A4-størrelse. Man kunne se, der var noget indeni. Han satte sig over i sengen med brevet for at undersøge det nærmere. Til Jasper, stod der udenpå.

Han åbnede det forsigtigt, uden at kuverten gik i stykker. Der lå et brev og en disc i. Han foldede brevet ud.

Kære Jasper,

Hun har tænkt over det, og hun tror ikke, du har ret. Det kan godt være, at du ikke har lyst til at indrømme det, men alle har brug for at vide, hvor deres mærker kommer fra, og hvad der sker, efter at man har drukket teen. Hvis hun tager fejl, kan du brænde discen. Hvis hun ikke gør, kan du endelig få svar på nogle af dine spørgsmål her.

- Riley.

Kapitel 18

Discen lå tungt i Jaspers hænder. Svar. Var det overhovedet det, han ville have? Der var mange spørgsmål i hans hoved, men han havde aldrig tænkt på dem som nogle, der skulle besvares. Hvad hvis det var dårlige svar? Hvilket det jo kun kunne være. Ville det så ikke være bedre at beholde de gode spørgsmål? Selvfølgelig, og alligevel følte han en stærk trang til at se den.

Han lagde sig ned på sengen og stirrede op i loftet. Han kunne bruge hele sit liv på at stirre op i loftet og tænke. Hvis han også kunne låne et andet liv, kunne han bruge to. Hvis han kunne låne hele verdens liv, kunne de alle sammen presse sig sammen i sengen og se op i loftet, indtil livet gik, og ingen af dem havde fået blå mærker. Og sådan kunne hele verden leve. De havde bare brug for en meget stor seng, et loft og nogle øjne. Det ville ikke være perfekt, og det ville knap nok være, men det ville heller ikke gøre ondt.

Discen så på ham fra sengebordet. Jasper vidste, at han enten var nødt til at knække den over eller se den. Han kunne ikke holde ud, at den bare lå der. Det var nu, han enten skulle være en kujon eller være modig. Der var ingen middelvej.

Discen føltes kold mod Jaspers fingre, men han vidste, hvad han var nødt til at gøre. Med den anden hånd fandt han en fjernbetjening frem og trykkede på en knap. Væggen, der lå over for sengen, splittede sig, og et tv kom frem. Det var blankt og tyndt. Jasper rejste sig og satte discen i under fjernsynet. Han følte sig som et stykke papir, der prøvede at være pap. Videoen poppede op på skærmen. Kvaliteten var dårlig, og skærmbilledet var i en sløret sort og hvid farve. Til at starte med var der bare en seng. En stor dobbeltseng, med pæne lagner, og så en lille stol i den ene ende af rummet. De var sikkert ved, at drikke teen nu. Efter nogle minutter kom en sløret skikkelse ind i rummet. Jasper kunne se en tynd hånd skubbe skikkelsen ind i rummet. Benene var ustabile og væltede ned i sengen. Øjnene på personen, som han havde svært ved at se som sig selv, glippede. Kroppen bevægede sig stadig lidt, da en kvinde kom ind i lokalet. Hun havde mørkt, opsat hår og en stribet kjole på.

Kjolen faldt til jorden, og hun slog håret ud, før hun satte sig over sengen. Skikkelsen på sengen bevægede sig slet ikke, og kvinden begyndte at kysse ham, mens hun hev hans blazer og trøje af. Jasper så op i loftet igen, før han tvang sig selv til at se tilbage. Der var heldigvis ingen lyd på klippet, til gengæld var det langt. Han ville gerne slukke det, men kunne ikke bevæge sig. Det kørte i flere timer. Det var tydeligt, hvor forskellige kvindernes interesse i ham var. Der var de bløde. Dem, der bare lagde sig ved siden af skikkelsen og aede ham eller kyssede hans kinder. De hårde. Dem, der slog skikkelsen, imens de hoppede imod hans hofter, eller understregede deres tilstedeværelse ved at slukke deres cigaret mod skikkelsens arm. En enkelt også på læben. Der var dem, der bare kom for at have sex og gik lige efter igen. Hver gang en aftale var slut, kom en af de sorthårede kvinder ind og tog imod penge, før den næste blev lukket ind.

Det var den perfekte forretning. De gjorde folk interesseret i deltagerne gennem programmerne, lod deltagerne cirkulere til festerne for at vække kundernes opmærksomhed og bedøvede deltagerne, så de aldrig blev sindssyge af det, men kunne blive ved, lige indtil der ikke længere var nogen, der gad betale penge for dem.

Skærmen blev sort. Jasper kunne stadig ikke tænke på skikkelsen som ham selv. Han lænede sig tilbage i sengen og overvejede, hvorfor han ikke bare havde smadret den. Han prøvede at tænke på, hvordan Riley kunne holde ud, at være vågen igennem det. Han kunne næsten høre dråberne fra badeværelset og se hendes opgivende skikkelse for sig. *"Hun så det hele."* Nej, hun mærkede det hele. Loftet var hvidt. Altid hvidt.

Rosen føltes tungere i hans hånd. Endnu en pige blev sent hjem, da han sagde Graces navn som det sidste og lod hende overtage rosen. Det efterlod tre piger. To afsnit tilbage at optage, og så kunne han endelig komme hjem.

"Cut! Ja tak, folkens ... Det var ..." Freeman holdt en pause. Hun bed sig i underlæben og skubbede øjenbrynene sammen. "Ikke helt op til standard. Jeg er sikker på, at I kan gøre det bedre end det her, men vi bliver nødt til at kunne sende noget i aften. Jasper, jeg vil gerne lige veksle et ord med dig alene."

De tre piger og filmholdet gik ud af værelset og efterlod de to alene. Jasper lagde armene tæt ind til kroppen og prøvede at lade være med at tænke. Lade være med at se de billeder, der havde prentet sig fast i ham, for sig.

"Din præstation til de sidste par optagelser har været lidt halvhjertet. Er der noget, der går dig på?" spurgte Freeman. Hun havde et talent for at lyde oprigtigt bekymret. Bedre end nogen af de andre instruktører, han nogensinde havde arbejdet sammen med. Hun havde måske også narret ham, hvis ikke det var, fordi han vidste, hvor ligeglade de alle sammen var. Det handlede om penge. Intet andet.

"Jeg har det fint."

"Jeg ville bare nødig til at skulle pille ved din tilknytningsperson. Din lillesøster hedder Carella, ikke?"

Jasper nikkede. Gemte sin hånd i lommen og knyttede den.

"Sød lille pige. Kun tretten år, ikke?"

Han nikkede igen.

"Hende skulle der jo nødigt ske noget med. Det ville være tragisk, hvis hun pludselig bare forsvandt. Hun er jo ikke det sværeste mål lige for tiden, når både du og din far er ved at optage." Freeman lagde hovedet på skrå og fugtede de røde læber. "Så jeg tror, det er slut med halvhjertede præstationer fra nu af. Har jeg ret?"

Han nikkede igen og så væk. Det føltes, som om al den magt, han havde i verden, kunne være i en fingernegl. "Godt. Jeg tror, du har forstået budskabet. Det er i øvrigt også synd for Riley. Jeg tror, hun ryger ud i næste afsnit. Hun klarede det kun lige netop i den her uge." Hun sukkede og pillede ved sine lommer. "Der skal virkelig noget drastisk til, for at hun kan vinde."

"Var der andet, du ville sige?" spurgte han sammenbidt.

Hun rystede på hovedet. Hendes korte hår var så indsmurt i hårlak, at det ikke bevægede sig. "Ikke andet end at jeg håber, at du tager dig sammen. For alles skyld."

Jasper så efter hende, mens hun gik. Hun rodede med et stykke papir fra sin lomme og tog det op. Han ville ønske, at han kunne lyve for sig selv og sige, at hun bare prøvede at skræmme ham. At hun løj om Rileys placering, men han havde selv set tallene. Det var kun bagateller, der holdt hende i programmet.

Han fandt sin telefon og en smøg frem. Tændte cigaretten og tastede nummeret ind. Han prøvede at lade være med, at mærke sig selv, mens telefonen ringede op. Alt var på spidsen.

Kapitel 19

En servitrice styrtede forbi Jasper. Hendes hår var spaltet og halvt røget ud af den knold, der ikke længere var en knold. På hendes forklæde stod der *Jenny's café*. Det var krøllet.

Jasper så på sit armbåndsur og derefter på døren. Hans far var fem minutter forsinket. Han trippede med foden og tog en slurk af sin kaffe. De havde også te, men det skulle være kaffe.

Dørklokken ringede, og Jasper så op fra den sorte drik. Det var ham. Han havde ingen rande under øjnene, men Jasper vidste, at de var der, gemt under et tykt lag makeup.

"Hej," sagde faren. Han havde en mørk stemme. Mørkere end den mørkeste kaffe. "Det er længe siden."

81

"Øhm, du må gerne sætte dig ned." Jasper pegede på stolen over for sig. Han bed sig i læben.

"Ja, selvfølgelig." Faren lagde sin uldjakke om stoleryggen. Efter at han havde sat sig, bevægede han utålmodigt fingrene mod bordkanten. "Jeg bestilte altså bare til dig. Jeg tænkte, det var nemmere end at skulle gøre det to gange."

"Det gør ikke noget." Faren pillede ved kanten af koppen. Den var lun. "Hvad er det?"

"Bare kaffe."

"Oh."

"Hvad?" Jasper så ned på hans hænder. De store hænder, der holdt om kaffekoppen.

"Jeg bryder mig ikke særlig meget om kaffe."

"Vi bestiller bare noget nyt."

"Nej, helt ærligt, det er lige meget," svarede faren og slap hanken. Han lagde hænderne tilbage under bordet og så søgende rundt i cafeen. "Hvorfor var det egentlig, du ringede? Du lød lidt forvirret i telefonen."

"Jeg havde bare brug for at snakke med dig. Jeg tænkte, at det ikke gjorde noget, når du alligevel var i byen."

Faren fugtede sine læber og trak på skulderne. Han var mere robust end Jasper selv og ældre, selvom man gjorde sit bedste for at skjule det. Ellers lignede de hinanden. "Det gør det vel heller ikke. Jeg undrede mig bare. "

"Det er vel ikke mærkeligt, at vi ser hinanden? Du er min far."

"Det er det vel ikke," mumlede faren og så ned. "Hvordan har Carella det?"

"Jeg har ikke set hende i lang tid, men da jeg så hende sidst, havde hun det godt. Hun er blevet ret stor og er begyndt at gå med læbestift. Det var lidt tidligt, så jeg sagde, at hun skulle tage det af," fortalte Jasper. Det gik op for ham, hvor meget han savnede hendes lille hånd og den uskyldige stemme.

"Det kan jeg slet ikke forestille mig."

"Du har heller ikke set hende i lang tid."

"Nej, men det er ikke min skyld."

"Nej, det er det vel ikke." Indeni vendte Jasper øjne. Det kunne godt være, at hans far ikke havde valgt at blive en deltager, eller valgt at være væk det meste af deres barndom, men det var ham, der havde været god. Ikke bare lidt god, *men* meget god. Som om han lagde alt i hver optræden. Det var derfor, at ingen havde mistet interessen for ham endnu, og det havde han til gengæld valgt.

"Kan vi ikke snart komme til pointen? Jeg ved godt, at du ikke bare ringede, fordi jeg er din far. Så godt kender jeg dig alligevel."

Der var en lang pause, og Jasper så ikke op. Han vidste ikke, hvordan hans far ville reagere. Han havde ikke engang hørt fra ham siden hele dramaet med Riley. "Og hvordan havde du så tænkt dig at få denne *hjælp*?"

"Altså, jeg regnede med, at jeg ikke behøvede at overtale min far, fordi han selvfølgelig gerne vil have, at jeg bliver boende hos ham, og fordi jeg er hans søn. Så jeg har ikke forberedt nogen salgstale, beklager."

"Prøver du at give mig dårlig samvittighed eller hvad?" spurgte faren sammenbidt. Hans hænder knugede om bordkanten. "Du har gjort det dummeste, man overhovedet kunne gøre, og det skal jeg så komme at redde dig ud af?"

"Jeg bliver nødt til at passe på hende," sagde Jasper. "Jeg er den eneste, hun har tilbage."

"Du er vel godt klar over, at de fleste gør præcis det samme som dig, ikke? Men ved du, hvad forskellen på dem og dig er? De er diskrete, og derfor blev de ikke opdaget. De ved selvfølgelig godt, at hele deres hus er pakket ind i kameraer, så de gør ikke sådan noget."

"Jeg ville måske også vide det, hvis min far havde været der til at fortælle mig det. Men det var han ikke, og jeg så dem aldrig sætte nogen kameraer op, fordi de allerede sad der fra alle de gange, de holdt øje med dig. "

"Så nu er det min skyld?" Faren lagde armene over kors og trak øjenbrynene sammen. Der var en enkelt rynke, der næsten brød gennem makeuppen. Næsten.

"Det er lige meget, hvis skyld det er. Det vigtige er, at jeg har brug for hjælp. "

Faren så ned på sit armbåndsur og løftede skulderne. "Jeg bliver nødt til at gå nu. Det sidste afsnit skal optages, og så kan jeg komme hjem."

Han rejste sig og tog jakken på. Jasper spændte hænderne sammen. Han var ikke overasket.

"Jeg har aldrig bedt dig om noget, fordi jeg ved, at du har haft dit eget helvede at kæmpe med. Hvis du gør det her for mig, vil jeg heller aldrig bede dig om at gøre noget igen," sagde Jasper.

Faren knappede sin jakke, mens han nikkede svagt. Måske var det ikke engang et nik, men en tilfældig rykning. Jasper valgte at tolke det som et nik.

"Jeg tænker over det."

Jasper kunne høre dørklokken ringe. Carella havde altid haft den blødeste seng. Hans egen var hård, og han kunne mærke fjedrene prikke til sin ryg. Han havde altid vidst, at det betød noget, ligesom han vidste, at det betød noget, at faren aldrig kunne få fri til at se hans skolestykker, men sad på forreste række og klappede, når Carella sagde sine to replikker i sit. Han havde altid kunnet se en snert af væmmelse i sin fars øjne, men havde overbevist sig selv om, at det var indbildning. Det var svært at tænke sådan, men det var sådan, det var.

Tallene begyndte at gå opad. Stort. Pludselig stod Rileys navn både over Maddies og Graces. Det var så pludseligt, at det ikke bare kunne være nogle piger, der havde glemt deres aftale og så var kommet i tanke om at sætte penge på hende nu.

Det gjorde ham lettet. Irriterede ham. Vrede, glæde, medlidenhed, afsky, forvirring, had, kærlighed. Alt hvirvlede rundt i ham, som om han var blevet sprængt til atomer, og hvert lille atom havde fået sin egen mening. Sin egen personlighed. Han prøvede at sætte sig selv sammen, men han passede ikke med sig selv længere.

"Grace," sagde han. Overrakte hende rosen og et kys.

"Riley." Rystende gav han også en rose til hende. En rød rose. Den rødeste rose af alle røde roser. Hun kyssede ham, og det føltes ikke ligeså tvungent, som det plejede. Der var noget medfølelse i hendes blik. Han ville gerne narre sig selv til at tro, at hun vidste, hvad der foregik inden i ham, men hun havde for travlt med sig selv, og det var okay.

Tilbage på hotelværelset stirrede han op i loftet. Han vidste, at han skulle hjem til Grace i morgen, for første gang. Det var en del af programmet, hvor man besøgte pigernes familie, inden han skulle tage det endelige valg. Riley kom ind og lagde sig ved siden af ham. De kiggede op på loftet sammen.

"Hader du hende?"

"Nej. Jeg ved bare ikke, hvad jeg skal gøre."

"Undskyld," mumlede hun og strejfede hans arm.

"Det er ikke din skyld. "

De stirrede lidt mere i stilhed, før hun vendte sit hoved mod ham.

"Du ved godt, at din far skal med hjem til Grace, ikke?"

"Det skal han ikke. Han er selv ved, at optage et eller andet."

"Hun overhørte Freeman og nogle af kamerafolkene snakke om det. Normalt er det moren, de tager med, men hun er der jo ikke rigtig."

"Jeg tror stadig ikke på det," svarede han. Han havde ikke lyst til at tro på det. Han havde ikke lyst til at se ham igen. "Han ville gøre alt for at undgå det."

"Hvorfor?"

"Det er kompliceret, Riley."

Hun lagde sit hoved mod Jaspers bryst. Han kunne ikke lide det, men samtidig var hun også for blød til, at han havde lyst til at skubbe hende væk.

Kapitel 20

Toget bumlede. Billederne uden for vinduet var svære at holde fast i. Den gule mark forsvandt, lige så hurtigt som den var kommet. Grace sad over for ham i en liljekjole med et bånd om livet og et par sandaler. Hendes lyse hår regnede ned over det sidste nye sladderblad. Forsigtigt så hendes øjne op. Smilehullet satte sig i hendes kind. Resten af filmholdet var også i toget et sted, de sad bare i en anden kupe.

"Hvorfor kigger du sådan?" spurgte hun.

"Jeg ved det ikke."

"Rastløs?" spurgte hun. Hendes stemme, smil, tøj, alt mindede ham om sommer. Den måde, hun grinede på, og måden, det blonde hår krøllede ned over hendes spinkle krop. Han kunne næsten mærke solstrålerne mod sin hånd, når han så på hende. Han var bare ikke så sikker på, om han egentlig nogensinde havde brudt sig om sommer.

"Måske lidt."

"Du skal glæde dig til at møde min familie. De er de venligste mennesker, der findes, men det synes man vel altid, at ens egen er."

Nej, tænkte han, men gav hende ret.

De sagde ikke noget på resten af togturen. Hendes fingre knitrede mod bladet, og Jasper kiggede ud ad vinduet.

Efter et par timer stoppede toget ved en lille perron. Jasper kunne se Graces familie stå og vente på dem. Han havde set dem før, alle de gange, hvor de skulle hjem fra optagelserne, men det var første gang, han skulle møde dem.

Grace løb ud til dem og kastede sig i deres favn. Jasper stod og trippede, da han endelig kom ud af toget. Han kendte ingen af dem. Vidste ikke engang, om Grace havde talt godt eller dårligt om ham til dem.

Han spottede resten af optagelsesholdet stige af toget, og Freeman kom hen for at hilse på Graces familie. Hun rystede hænder med dem og roste deres datter. Jasper tændte en smøg og tog et langt sug. Han kunne allerede mærke, at det ville blive en lang dag.

De fulgtes ned til Graces hus. Det var ikke en lang vej, men føltes som lang tid.

Grace boede i et beskedent hjem. Slet ikke noget i nærheden af hans, men det var stadigvæk hyggeligt. Hyggeligt, lige indtil alle kameraerne var blevet stillet op. Hans far var ikke kommet endnu, men han troede heller ikke på det, Riley havde sagt. Det kunne godt være, at der normalt var nogen, der tog med, men han var ikke engang med i manuskriptet. Hvordan skulle de kunne bruge en, der ikke var i manuskriptet?

"I kan bare stille op nu, og så begynder vi at optage," sagde

Freeman. Familien havde i forvejen dækket bord og tilberedt en gryderet, der stod midt på bordet. Grace og Jasper satte sig ved siden af hinanden. De flettede hænderne sammen, og resten af familien satte sig også rundt om bordet. "Scene 1, familiemåltid Grace. Tre, to, en," talte Freeman. Den røde knap på kameraet lyste.

Mørket lænede sig ind over dem. Jasper vidste ikke, hvad han skulle sige. Hvor han skulle begynde, og hvor han skulle slutte. Grace snøftede og tørrede sine øjne i nogle blade. Det løb fra hendes næse, og hendes øjne var røde. "Hvad er der?" spurgte han og satte sig på sine hænder. De kriblede. "Det …" Hendes stemme var hæs. Hun rømmede sig, og han kunne slimen bevæge sig i hendes hals. "Det … Det blev … lidt overvældende."

Det var sikkert følelsen af, at hendes rigtige verden og hendes falske verden blev smeltet sammen. Følelsen af et kort øjeblik ikke at kunne kende forskel. Han huskede det fra sin første optagelse med Riley. "Det er okay. Skal jeg gå?"

Selv i mørket kunne han se, at hun rystede på hovedet. Det var koldt, og de sad bag en busk i hendes have. Efter at Freeman havde råbt cut, var Grace gået ud i haven med et stift ansigtsudtryk. Jasper var den eneste, der havde set det, så han var fulgt efter hende.

En ugle larmede, og græsstråene aede hans fingre. Han savnede sit eget hjem. Han savnede det sikkert mere, end han kunne lide det. Det var en af verdens helt store tragedier. Man kan aldrig elske noget højere, end man kan savne noget. Det negative føles tungere i maven, end det positive føles let. Vi kan benægte det, og vi kan lyve om det, men det er sådan, det er, og det er sådan, vi er. "Hvad tænker du på?" spurgte hun. Hendes stemme lød normalt igen. "Jeg savner min lillesøster." "Men der kommer vel en taxa og henter dig om lidt. Så kan du komme hjem til hende."

Han trak på skulderne. Det var svært at finde nogle ord.

"Du må også gerne blive her, hvis du har lyst."

"Jeg bliver nødt til at komme hjem," sagde han.

"Ja ... Det forstår jeg godt." Grace lagde sin hånd over hans og klemte. Den var varm, selvom luften var kold. "Det er egentlig helt underligt, at vi nok ikke skal lave reality-tv sammen mere, nu hvor du skal giftes."

"Jeg er sikker på, at de nok skal finde en eller anden måde at få mig i gang på igen. De lader mig ikke slippe så nemt," svarede han og hostede.

"Det håber jeg lidt. Jeg har ikke lyst til at være alene."

"Tak," sukkede Jasper og så vredt på hende.

"Undskyld, men vi har bare været sammen i det her lige fra starten. Det har altid gjort mig lidt mere tryg, at du også var der."

Jasper så ned og mærkede, hvordan hendes hånd rystede. "Jeg kunne også godt lide dig lidt i starten."

"Var det, før du lærte mig at kende?" spurgte han, med et smil, fordi han ikke vidste, hvordan han ellers skulle reagere.

Grace grinede og rystede på hovedet på samme tid. Deres hænder lå stadig over hinanden.

"Du har det ikke stadig sådan, vel?"

"Du har Riley. Det ved jeg jo godt."

"Det var ikke et svar," mumlede han. Måske burde han bare lade være og være tilfreds med det undvigende svar. Det var måske bedre.

"Hvad skal jeg ellers sige?"

"På et tidspunkt sagde du, at *virkelig* ikke havde lyst til at blive gift med mig. Du fik det til at lyde, som om det ville være det mest forfærdelige, der nogensinde kunne ske for dig. Var det bare rent skuespil eller hvad?"

"Jeg er bare forvirret. Efter alt det, vi har været igennem, er det vel heller ikke så underligt."

Hun slap hans hånd og begyndte at pille ved sit hår. Hun lignede en porcelænsdukke, som ville gå i stykker, hvis man gjorde noget forkert. Hendes fingre rystede stadig, og selv i mørket kunne han se, at hun fik våde øjne igen. Skrøbelig. Skrøbeligere. Skrøbeligst.

Jasper vidste ikke, hvorfor han kyssede hende. Hendes læber føltes, som de altid gjorde, og alligevel var det anderledes. Måske havde han gjort det, fordi han var så vant til at skulle tilfredsstille andre, at det bare var blevet ren reaktion. Måske var det, fordi han et eller andet sted havde det på samme måde. Måske fordi han vidste, Riley ikke ville bryde sig om det, og så kunne han endelig få en reaktion fra hende. Noget opmærksomhed. Måske var det, fordi han i sidste ende bare var en idiot.

Hun kravlede op på hans skød og pressede sin krop mod hans. Hendes hjerte bankede hårdt igennem den blomstrede kjole. Hårdere, end han brød sig om. Han skilte deres læber fra hinanden og så ud mod natten.

"Vil du ikke blive her? Du kan sove på mit værelse."

"Jeg bliver nødt til at tage hjem nu. Beklager." Han rejste sig og børste græsset af sine bukser.

"Din taxa er her ikke engang endnu." Hun så forvirret op på ham.

"Jeg går den bare i møde. Så kommer jeg også hurtigt hjem."

Røgen fra smøgen gjorde ham rolig, imens han gik. Han fik ikke sagt farvel til Graces familie, men det ville også have virket mærkeligt efter det, han lige havde gjort imod deres datter. Det var ikke, fordi han ikke holdt af Grace. Selvfølgelig gjorde han det. Meget. Men det var Riley, han havde villet have det sidste to år, og det var det stadig, uanset hvor underlig hun var blevet. Hvis han havde haft to liv, ville han have brugt et på hver af dem, men det var måske meget godt, han kun havde et. Det var svært nok at håndtere.

Da han så taxaen komme, lyste han med sin mobiltelefon, og den holdt en til siden. Det ville blive underligt at se Riley i morgen. Han havde ingen forklaring.

Kapitel 21

De gik ned mod Rileys hus hånd i hånd. Jasper kunne mærke kameraerne prikke i hans nakke. Han slap hendes hånd og lagde i stedet armen om hendes skuldre. Der var ingen replikker, imens de gik. De ville sikkert spille en eller anden romantisk sang hen over klippet, som ville gøre det kvalmende sødt, som de plejede. De stoppede foran hendes hus. Han havde ikke været der, siden dagen før han og Riley tog af sted. Stedet lignede sig selv. Riley åbnede døren, og de gik ind. Der var blevet gjort rent, sikkert for at seerne ikke skulle væmmes fuldstændig, men ellers var der lige så tomt som før.

"Det er så her, jeg bor," sagde hun og bed sig i læben.

"Det ser gammelt ud."

"Det er det også, men jeg har aldrig haft andre muligheder."

Hendes stemme lød knækket. Det var første gang, han havde hørt hende levere en replik overbevisende.

"Det er jeg ked af at høre."

"Det skal du ikke være. Jeg har jo dig nu." Riley lagde armene om hans nakke og kyssede ham. Hun sukkede, da de skilte læberne fra hinanden igen.

"Hvor er din familie?" spurgte han.

"Min far rejste, før jeg blev født. Han kendte ikke min mor særlig godt, så han mente ikke, at det var hans ansvar. Min mor døde for nogle måneder siden."

"Det er …"

"Hun blev dræbt af kvarterlederens søn," afbrød hun ham pludselig. Det stod *ikke* i replikkerne. "Bare lige pludselig, imens de var på rundtur i byen. Der var ikke nogen grund til det, han er bare sindss…"

"Okay! CUT! CUT!" Freeman rejste sig og holdt hænderne op som tegn på, at alle skulle stoppe. "Jeg vil gerne lige have et øjeblik alene med frøken Perez, og så filmer vi igen bagefter."

Jasper blev guidet udenfor af en mand fra optagerholdet. Han røg en cigaret, mens de ventede. To. Tre. Han blev ved med at suge røgen til sig. Det holdt ham behersket.

Riley kom ud til de andre. Hun holdt en hånd for kinden og gik ind i Jaspers favn. Han følte sig voksen og sårbar. Som om han havde fået en blomst, han skulle passe på, uden at have vandet den. Ikke fordi han ikke huskede det, men fordi den ikke ville vandes, og fordi de var løbet tør for vand.

"Hun gider ikke mere," hviskede Riley til ham.

Efter dagens optagelser gik Jasper og Riley tilbage til hans hus. Film-holdet havde fået et sted at overnatte af kvarterlederen. Carella havde lavet kakao, købt skumfiduser og tændt op i pejsen. De krøb sammen under et tæppe og satte skumfiduser på pinde, som de så førte ind i ilden. Carella spurgte, hvorfor Riley omtalte sig selv som "hun", og Jasper ville gerne svare, men han forstod det knap nok selv, og den lille del af det, han forstod, var hun ikke gammel nok til at kende.

"Du skal i skole i morgen, ikke?" spurgte Jasper.

Carella så irriteret på ham. "Jo, men det gør ikke noget."

"Far har allerede sagt mange gange, at du ikke må gå sent i seng."

"Men far er her ikke," svarede Carella og så bedende på ham.

"Du bliver altså nødt til at gå i seng."

"Det er bare, fordi du gerne vil være alene med Riley." Hun lagde hovedet på skrå og blinkede ekstra hurtigt.

"Kom, Carella. Jeg følger dig i seng," sagde Jasper og rev tæppet af dem. Hun sukkede og rejste sig. "Godnat, Riley. Sov godt."

"Godnat, Carella." Riley gjorde sit bedste for at smile. Hun rejste sig og gik ind i køkkenet.

"Hvad med, at du går op og børster tænder, og så kommer jeg bagefter og putter dig?" spurgte han Carella, men havde stadig blikket på Riley, mens hun gik.

"Okay," vrængede hun og gik med tunge skridt mod badeværelset. Jasper tog den anden retning mod Riley.

Hun havde sat sig på køkkengulvet, op ad skabet, præcis det samme sted, hun havde siddet for måneder tilbage, hvor han var kommet hjem fra en anden optagelse. Hendes trøje havde været våd af regnen, og selvom der var en stor afstand imellem dem, var det stadig Riley, der havde siddet der, og ikke stumpen af hende, der sad der nu. Han ville gerne huske, hvad han havde sagt dengang, så det kunne blive det samme, bare lidt, men han havde glemt det. Han havde ikke tænkt over, at det var sidste gang, han ville se hende, før hendes mor døde.

Jasper satte sig ned ved siden af hende. Så meget kunne han huske, at han havde gjort sidst.

"Skulle du ikke putte Carella?"

"Jeg går derud om lidt." Han kyssede hendes skulder. Hun var begyndt at dufte af jord igen, selvom der stadig var en undertone af parfume. "Vi bliver nødt til at snakke om noget, når jeg kommer tilbage."

"Det lyder alvorligt." Hun trak knæene op og lagde armene omkring dem. "Det er det måske også. Det kommer an på, hvordan du tager det. "Du gør hende urolig nu. Kan du ikke bare sige det?"

"Om lidt," svarede Jasper. Han lagde en hånd over hendes og flettede deres fingre sammen bagfra. "Min far kom aldrig i går. Jeg tror, at du hørte forkert."

"Blev du skuffet?"

Hans hals trak sig sammen. "Nej. Det er alligevel bedst. Vi har aldrig rigtig ... Ja, kunnet sammen."

"Hvis hun havde en far, ville hun gøre alt for at kunne sammen med ham."

"Du *har* en far."

"Hvis hun havde en far, der ville være en far, havde hun gjort alt for at kunne sammen med ham. Tilfreds?"

"Det er mere kompliceret end det, Riley."

"Hun tror, at du burde gå ind til din søster nu," svarede Riley. Han nikkede og rejste sig. Det var en af de diskussioner, de ikke skulle tage, for man kan ikke forklare et andet menneske, at det, vedkommende længes allermest efter, nogle gange ikke er perfekt. Nogle gange er det faktisk så uperfekt, at man ville ønske, det ikke var der, hvilket man slet ikke kan forklare.

Jasper satte sig ved kanten af sengen, hvor Carella allerede lå. Han aede hendes hår og skilte fingrene igennem det. "Skal jeg synge en sang for dig?"

"Nej," svarede hun.

"Skal jeg fortælle dig en historie?"

"Nej."

"Hvad skal jeg så?"

"Bare sig godnat, at du aldrig forlader mig, og at du snart kommer helt hjem."

"Godnat, Carella. Jeg er her nu, og jeg kommer snart tilbage."
"Husk at sige, at du aldrig forlader mig," forlangte hun.
Jasper sukkede. "Jeg forlader dig aldrig. Okay?"
"Ja. Sov godt."
Han vidste ikke, hvordan han skulle føle sig, da han gik ud ad døren. Det var et løfte, han ikke var sikker på, at han kunne holde. Han ville gerne.
Riley sad i præcis samme stilling, da han kom tilbage, bortset fra at hun havde båret tæppet fra stuen ind.
"Sover Carella nu?" spurgte Riley. Han nikkede og satte sig ned. Gulvet føltes hårdt. Tæppet føltes blødt.
"Hvad var det så, du skulle sige til hende?"
"Jeg kom til at kysse Grace i går efter optagelserne. Jeg ved ikke hvorfor, men det var ret ... heftigt." Han så ikke på hende. Ikke engang fra øjenkrogen. "Undskyld."
"Var det bare det?" Hun trak øjenbrynene sammen og lagde hovedet på skrå. "Du gjorde hende virkelig bekymret et øjeblik."
Han vidste ikke, hvad han skulle sige, eller hvordan han skulle have det med det. Riley var ikke blevet såret. Godt. Hvorfor føltes det så, som om han var?
"Altså, I ejer jo ikke hinanden. Det kan I heller aldrig gøre, så hun synes ikke, at I skal lade, som om I kan."
"Nej, det er sikkert også bedst," mumlede Jasper. Han kunne huske, at hun havde sagt, hun ikke ville lade kærlighed holde sig kørende, men kun had. Det overraskede ham, at hun kunne gøre det så effektivt.
"Hun holder altså stadig meget af dig, selvom hun er dårlig til at vise det. Det ved du godt, ikke?"
Holder meget af dig, det føltes som en lussing. Han vidste, det var ment godt, men det var ikke sådan, det skulle være. Det var ikke sådan, det normalt var.
"Det ved jeg godt."
"Godt. Kan I ikke sove her? Det har I aldrig gjort før."
"Det kunne have noget at gøre med, at sengene er mere behagelige."
"Bare en gang. Please?" bad hun og puttede sig ind til ham.

"Okay, men jeg gider ikke høre noget brok om, at du har ondt i ryggen i morgen."

"Det sker ikke."

"Godt."

Riley lagde sit hoved på hans skulder, og Jasper lagde sit over hendes. De føltes for en gang skyld som et puslespil, der gik op, hvilket var en rar benægtelse.

Bank, bank. Jasper åbnede øjnene og så ned på Riley, der sov. Bank, bank.

Han sneg sig forsigtigt væk fra hende og rettede hendes hoved, så hun ikke ville falde, når han gik.

Da han kom ud i entreen, så han ud af nøglehullet, men det var for mørkt til, at man kunne få nogen fornemmelse af, hvem der stod der. "Hvem er det?" spurgte Jasper søvnigt.

"Det er James, din far."

Jasper kunne kende stemmen. Den dybe, mørke stemme. Han drejede nøglen og åbnede døren. Udenfor stod faren i en stor frakke og med begge hænder i lommerne.

"Hvad fanden laver du her?"

"Jeg ... Der er noget, vil bliver nødt til at tale om, og noget, jeg bliver nødt til at vise dig." Farens stemme lød underdanig. Han havde aldrig hørt den sådan før.

"Er det noget slemt?"

Han trak på skulderne og så ned. "Det er sandheden."

Kapitel 22

Ingen sagde et ord, mens faren førte ham gennem byen. Det var koldt, og Jasper stak hænderne i lommerne. Han kunne ikke vurdere, om han foretrak denne aften eller aftenen før med Grace.

Kirken lyste op i mørket. Faren førte ham tættere og tættere på den. Hans håndflader blev svedige, da det gik op for ham, at det var der, de skulle hen.

"Hvorfor fanden skal vi her?"

"Jeg forklarer det om lidt. Bare følg med," svarede faren. Gruset knasede imod deres fødder, og natten larmede. Jasper holdt fast i stoffet i lommen og holdt blikket på sin far, der med beslutsomme skridt fortsatte. De måtte gå langt, før faren stoppede. Det var ved en lille gravsten i den del af kirkegården, hvor alle de ubetydelige lå.

Annabel Lucy Brinck
2058 - 2079
Elsket og savnet.

Faren sagde intet, men stirrede på stenen.

"Hvem var hun?" spurgte Jasper.

"Din mor."

Han grinede. Ikke højt, men heller ikke lavt. "Det kan ikke passe, det er hende realitystjernen, du var gift med. Celia Lisner, hende, der stak af fra mig og Carella, da jeg var otte."

"Det var sådan, man ville have det til at se ud. Det ville blive en kæmpe skandale, hvis nogen fandt ud af det, for jeg var forlovet med Celia på det tidspunkt. Altså, i hvert fald i realityverdenen. De fandt på den her løgn med, at Celia var gravid, og gav hende graviditetspuder på for at få det til at se ud, som om det var vores barn. Efter at du kom til verden, overtog Celia og jeg barnet. Annabel døde et par uger efter. De prøvede at få det til at ligne en ulykke, men det var lidt for tilfældigt, at det skete så kort tid efter fødslen. Hun skulle bare af vejen."

Jasper vidste ikke, hvordan han skulle have det. Han stirrede ned i stenen, som var det eneste minde, han havde. Det var for mærkeligt. Hvorfor havde han ikke sagt det før? Han var for helvede nitten år, og ikke én gang i løbet af den tid havde hans far så meget som hentydet til det.

"Jeg ved godt, at det er meget på en gang, men jeg syntes, du burde vide det. Hvis de pludselig flytter dig til New York, bliver du nødt til at kende sandheden."

"Hvad vil du have, at jeg skal sige?"

"Jeg forventer ikke noget," svarede faren og rodede med foden i gruset.

"Er det derfor, du altid har hadet mig? Fordi jeg tog hende fra dig?" Faren rømmede sig. "Man elsker altid sine børn, Jasper, jeg har bare haft svært ved, at du mindede så meget om hende. I har nærmest den samme væremåde og de samme øjne. Præcis de samme øjne. Jeg har bare gerne villet videre de sidste mange år, men det er umuligt, når der går et stykke af hende rundt i mit liv."

"Er det nu, jeg skal sige undskyld? Eller tilgive dig? Eller forstå? Hvad fanden er det, du helt præcist regner med?" spurgte Jasper med knyttede tænder. Han så tilbage på stenen.

"Det ved jeg ikke. Du må gøre, hvad du har lyst til."

"Godt. Så kan du stå her og sørge over hende, for hun er ikke min mor, og så er jeg ligeglad med, hvad du siger! En sten kan fand'me ikke lige pludselig være min mor! Og du er i øvrigt heller ikke min rigtige far, for ellers havde du fand'me taget dig sammen og forstået, at jeg havde brug for dig!" Jasper sparkede til gruset. Det fløj omkring dem. "Jeg skrider!"

På vejen hjem røg han en smøg. To. Tre. Fire. Fem. Seks. Syv. Otte. Ni. Ti. Da han var kommet hjem, satte han sig ned ved siden af Riley og fortsatte. Elleve, tolv, tretten, fjorten, femten, seksten, sytten, atten, nitten, tyve, enogtyve, toogtyve, treogtyve, fireogtyve, femogtyve, seksogtyve. Det blev lyst udenfor, og Riley åbnede både øjnene og vinduerne. Syvogtyve, otteogtyve, niogtyve, tredive, enogtredive, toogtredive.

"Hvad er der galt?" Treogtredive. "Jeg har det fint. Bland dig udenom." Fireogtredive, femogtredive, seksogtredive, syvogtredive. Tom.

Jasper tjekkede tallene, lige inden han gjorde sig klar til at optage sæsonafslutningen. Riley førte. Hun havde endda fået flere stemmer, efter at folk havde set, hvordan hun boede. Det var ynkeligt, at de troede, deres medlidenhed kunne hjælpe, men han var glad for, at hun førte så stort, og glad for, at han kunne få lov til at beholde sit gamle liv. I hvert fald dele af det.

Han havde fået et pænt jakkesæt på, med en lille gul blomst i lommen. Håret var sat i den sædvanlige drengede stil, og han havde fået ringen i bukselommen. Han havde set på den, før den blev lagt ned. Den havde en kæmpe diamant og seks små englevinger til at holde den fast. Det var ikke Rileys stil, men det var der intet af situationen, der var.

Der blev banket på til hans omklædningsrum. "Kom ind!" råbte han. Riley kæmpede sig ind ad døren. Hun havde høje, sorte stiletter på og en lyserød kjole, der viste ben fortil og havde et langt slæb bagpå. Hendes hår havde fået slangekrøller, og læberne var røde. Hun stirrede på ham, som om hun ikke rigtig vidste, hvorfor hun var kommet derind.

"Er du klar?" spurgte Jasper.

Hun trak på skulderne. "Hun ser forfærdelig ud."

"Det er ikke så slemt."

"Jo, det er virkelig slemt."

"Prøv at komme her," sagde han og viftede sin pegefinger i halvcirkler. Riley gik tættere på ham, og han kyssede hendes hals.

"Hvad er der?"

"Jeg har lige set på tallene, og du vinder. "

"Virkelig?" Hun smilede halvt. Det var, som om hun prøvede at holde det tilbage, men alligevel ikke kunne.

"Ja. Er du glad?"

Hun nikkede. "Så tror hun også, at det bliver nemmere at få hævn."

Jasper følte sig tung. Som om hele hans krop netop var blevet fyldt med blå mærker. "Ja, men det er ikke det vigtigste. Det vigtige er, at de ikke får lov til at ændre noget, og vi kan være, præcis som vi har lyst til. Vi bestemmer selv, hvordan vi vil være gift."

"Nå ja, I skal giftes." Hun pillede ved sin hals. "Det havde hun helt glemt."

"Vil du se ringen?"

"Ja."

Han trak æsken frem af lommen og lagde den i hendes hånd. Hun rystede på hovedet og tog den op. "Den er virkelig forfærdelig."

"Jeg køber en til dig, som du bedre kan lide."

"Det behøver du ikke, Jasper."

"Nej, men jeg vil gerne."

97

"Tak."

Riley så på ham, som om hun ikke vidste, hvordan hun skulle se på ham. Hun gav ham æsken tilbage og aede hans kind bagefter, på den mest uskyldige måde. Det bankede på døren, og Riley fjernede hurtigt hånden, selvom ingen åbnede døren. "White og Perez! Vi begynder optagelserne nu!"

"Så er det snart overstået," sagde Riley og tog hans hånd. De gik ud ad døren til hans omklædningsrum og fortsatte udenfor. Haven var grøn, og kun et par enkelte gule blomster brød den grønne farve. Riley støttede sig op ad hans hånd og haltede efter ham. Kameraerne var stillet op omkring et træ, som Grace stod under. Det var en simpel baggrund. Mere simpel end nogen anden, han havde optaget sæsonafslutninger ved. Ikke at det var en god baggrund, men den var ikke forfærdelig.

Jasper holdt blikket på deres hænder, da de kom over til Grace. Hun vidste godt, at det altid ville være Riley. Det måtte hun gøre, tænkte han.

En fra optagerholdet gav ham en sort øresnegl. Den lå let i hans hånd. "Det er, for at vi kan sige vinderens navn til dig, så det er de sidste nye tal, vi bruger," sagde medarbejderen. Jasper lukkede hånden sammen. "Sådan er det altid i sæson afslutninger af "Den eneste ene."

Jasper nikkede og satte den i.

Nogle hænder klappede, og der lød et pift. De få, der konverserede, stoppede. "Jeg vil gerne have, at alle finder deres pladser," sagde Freeman. Han havde ikke lyst til at se på hende. "Jasper, jeg vil gerne have dig hen ved siden af træet, og piger, I stiller op fem skridt fra ham."

De gjorde, som de blev bedt om, og Jasper stak hænderne i lommerne. Han så op på Grace, og hendes ansigt var blottet for følelser. Den perfekte skuespiller, selv når der ikke skulle spilles skuespil.

"Det ser fint ud. Vi kører om tre, to, en."

Den røde knap lyste. Han kunne mærke det, uden at se derhen. Begge piger gik over og kyssede ham, som om de først lige var kommet, og stillede sig tilbage på pladsen over for ham.

Jasper så stift på dem og foldede hænderne bag ryggen. "Det har været en lang rejse, men jeg glad for, at det er jer to, der står over for mig. Det var også sådan her, vi startede, med at jeg begik en fejl og skulle finde ud af, om det egentlig var den dummeste eller den bedste fejl nogensinde. Der har ikke været nemt, for I er meget forskellige, og jeg kan godt lide jer, på hver sin måde. I sidste ende er der bare kun en, og det har der altid været. Jeg vælger selvfølgelig ..." Han holdt en pause og ventede på ordet. Navnet. Riley lå øverst. Hun lå øverst, da han kiggede sidste gang. Endda med mange stemmer. Han hørte det, men munden ville ikke reagere. De gentog det i øresneglen. Navnet. Det var løgn. Så hurtigt kunne det ikke ændre sig. Han måtte have hørt forkert. De gentog det. Igen og igen. "Grace."

Han mærkede hendes varme arme omkring sig og ville ikke se Rileys reaktion. I stedet så han ned. Ned på en lille, gul mælkebøtte ved siden af hans fødder. Farven smittede af på hans øjne. Der var gul overalt. Hans mund sagde noget. Nogen svarede. Han sagde noget. Nogen svarede. Kameraerne slukkede. De gik. Riley gik. Han samlede mælkebøtten op og knuste den, men farven smittede af på hans hænder.

"Helt ærligt, du havde da ikke troet, vi kunne lade Riley vinde, efter at du brød den vigtigste regel. Vi blev nødt til at statuere et eksempel, og du blev nødt til at vide, hvad der sker, når man går imod os." Det kunne næsten kun være Freeman. Han kunne ikke tænke sammenhængende, så stemmen var svær at kende. Det var i hvert fald Freemans ord.

Jasper rejste sig og gik. Den gule farve sad stadig på hans hænder. Altid.

Kapitel 23

Det blev mørkt. Der ville snart ankomme en taxa for at køre dem hjem. *Helt* hjem. Freeman havde sagt, at der ville gå en uge, inden de ville hente ham igen og flytte ham ind til New York. Til hans og Graces hus. Og de skulle giftes om nogle måneder. Gad vide, om de også forlangte, at de skulle få børn? Jasper kunne slet ikke finde rundt i alle spørgsmålene og havde ikke lyst til at stille dem. Hvis de blev til ord, blev de virkelige. Han havde ikke kunnet finde Riley. Det var okay. Han ville helst være alene. Det gule føltes tungt imod hans hånd. Han tænkte på Annabel, fordi han ikke kunne få hendes navn og ordet mor koblet sammen. Hans far og han havde åbenbart samme historie. De havde begået de samme fejl, selvom de var så forskellige. Havde faren fortalt ham historien fra starten, havde han måske ikke begået samme fejl, og alt var ikke gået i cirkler. Måske var det moralen. Han sukkede og tændte en ny cigaret. Som om det var nogen mening i det meningsløse.

"Kan vi snakke sammen et øjeblik?" Grace havde allerede sat sig, før han svarede.

"Der er vel ikke så meget at snakke om. Det er, som det er."

"Undskyld." Hun bed læberne sammen.

"Du behøver sgu da ikke at sige undskyld. Det er ikke din skyld." Jasper tog endnu et sug. Varmen var det eneste, han ville lade sig selv mærke. Alt andet var en lige streg.

"Undskyld," gentog hun.

"Lad være."

"Undskyld."

"Hold nu kæft!"

Grace tog hånden op foran sin mund og så ned på fliserne. Hun rystede, og de høje hæle klikkede mod kanten. "Jeg bliver nødt til at sige noget til dig."

"Så sig det, for helvede. Jeg vil gerne være alene."

"Du må ikke blive vred. Kan du huske i begyndelsen af sæsonen, hvor jeg sagde til dig, at du blev nødt til at tage hårdere metoder i brug, hvis du ville have, at Riley skulle vinde?"

"Lidt."

"Det var Freeman, der bad mig om at sige det. De ville have, at du skulle ødelægge dig selv fuldstændig for at prøve at få noget, der var umuligt. Jeg gjorde det kun, fordi de truede mig med at skade min tilknytningsperson. Undskyld."

"Er du færdig?" spurgte han og slukkede cigaretten ved siden af hendes sko.

Grace nikkede. Hendes øjne var blanke.

"Godt. Skrid."

Hælene klikkede. Den nye cigaret blev fugtet mod hans læber. Nede på plænen kunne han se optagerholdet skåle og snakke. Deres latter gnistrede. Han så op på himlen, men der var ingen stjerner. Glassene klirrede. Han tilhørte dem. Det var derfor, han sad der nu. Han var deres, fordi de var mere end ham.

Der var helt mørkt, da taxaen holdt ind til siden og dyttede. Jasper slæbte sig selv op og ind på bagsædet af bilen. Han rullede vinduet ned og fortsatte med at ryge.

Han kunne høre bagagerummet blive åbnet og smækket i igen. Riley satte sig ind ved siden af ham, men krøb så langt hen mod døren, som hun overhovedet kunne. Hun havde fået nogle jeans og en stor hættetrøje på. Hendes extensions var blevet pillet ud, og håret var igen kort og ulige. Øjnene var røde, og hun så ud ad vinduet med hovedet lænet mod ruden.

"Jeg troede virkelig, det ville blive dig," mumlede Jasper. Taxaen begyndte at køre, og det var normalt nu, han ville føle sig lettet.

"Lad være med at snakke til hende."

"Hvad er der med dig?"

"Bare lad være med at snakke til hende," mumlede Riley. Hun tørrede sine øjne med kanten af hættetrøjen.

Jasper gjorde, som hun sagde, det meste af turen, og holdt sine hænder beskæftiget ved at holde om smøgen. Suge røgen til sig og puste den ud. De var næsten halvvejs, da han løb tør.

"Hey chauffør! Du har ikke nogen cigaretter, vel? Jeg skal nok betale for dem, hvis det er."

"Beklager," mumlede manden fra forsædet.

"Du har ikke nogen, vel, Riley?" spurgte han. Der manglede noget imellem hans fingre. Noget vigtigt.

"Nej."

"Sikker?"

"Du ved godt, at hun ikke ryger, Jasper."

"Det kunne godt være, at du var begyndt."

"Shh," mumlede hun og rømmede sig. "Hun gider ikke snakke med dig."

"Hvad er det, jeg har gjort? Det er sgu da ikke min skyld, at de narrede os. Jeg havde valgt dig, hvis jeg havde et valg, men je..."

"Det er ikke det," svarede Riley. Hendes blik var stadig på natten. Hun havde ikke set tilbage på ham en eneste gang.

"Hvad er det så?"

"Ikke her."

"Sig det nu for helvede bare til mig." Jasper lagde hånden på hendes skulder, men hun skubbede den væk.

"Hun gider ikke lave en scene. Ikke her."

"Det er da lige meget. Vi bliver nødt til at tale ud, og du har sgu da aldrig gået op i, hvad folk syntes om dig." Han så hen mod chaufføren og prøvede at lægge armen om hende igen. "Han er sgu da ligeglad."

"Det kan godt være, at du er blevet så hjernevasket af al den her dramatik, at du ikke længere ved, hvad der er normalt, men det er hun ikke. I snakker om det, når I kommer hjem," svarede hun og flyttede hans hånd. Jasper kunne mærke, hvordan hendes fingre rystede. Måske var det af indestængt vrede. Måske fordi hun var Riley.

"Jeg har brug for at snakke om det nu. Jeg bliver sindssyg, hvis du ikke ..."

"Du er allerede sindssyg, Jasper. På en eller anden måde."

"Okay, jeg bliver *mere* sindssyg. Sig det nu bare."

"Ikke her," gentog hun. Stemmen var tør.

"Tror du, vi kunne holde ind et øjeblik for at strække benene?" spurgte Jasper chaufføren.

Riley sukkede og åbnede munden, som om hun ville sige noget, men stoppede så.

"I kan få fem minutter, men ikke mere," lød det fra forsædet.

Bilen drejede ind til siden, og Jasper steg ud af bilen omgående. Det var koldt. Det var godt, at det var koldt. Han havde brug for at mærke et eller andet på sin krop, så han ikke behøvede at mærke alt det under. Mærke, hvordan det gule klamrede sig til hans knogler.

En anden dør åbnede og smækkede. Hendes skikkelse var lille i mørket. Ikke krympet i vask, men krympet i livet. Det kunne være en ny frase. Deres frase.

Riley lænede sig op ad bilens bagende med armene over kors.

"Kan du så sige nu, hvad der er galt?"

"Hun *hader* dig."

"Hold nu op, Riley. Der er sket for meget i dag til, at jeg orker det her."

"Hun snakkede med Freeman. Grace. Nogen fra optagerholdet." Hun lagde hænderne tættere omkring sig. "Du behøvede ikke lyve."

"Hvad snakker du om?"

"Hun fortalte dem om hendes mor og om, hvordan hun ville få hævn over kvarterlederens søn. Ved du, hvad de gjorde? De grinede. Selv Grace, der har været deltager i to år. Grace må da vide, hvor meget magt man får, eller hvor lidt man får." Hun tog en dyb indånding. Hendes ånde lignede røg. Røg. Han manglede det. "Hvorfor løj du?"

"De aner ingenting. De prøver sikkert bare at få dig til at bryde sammen. Det må du ikke lade dem gøre."

"Sig nu bare for helvede sandheden. Jeg finder alligevel ud af det senere, hvis du lyver."

"Du sagde, at du ville give op. Hvad fanden skulle jeg ellers gøre?"

"Det ved jeg ikke. Du kunne jo have haft sex med alt, hvad der bevæger sig i New York, eller have løjet for hende gennem det hele, eller fået hende til at føle sig som et lille barn, bare fordi hun gerne ville vide, hvad der foregik, og hvor mærkerne kom fra. Vent ... Nej, det har du allerede gjort. Så du kunne jo ikke have gjort det bedre." Hun rasede. Han kunne se det i hendes kropsholdning. Stemmen. Ordene.

"Jeg gjorde alt, hvad jeg kunne, for at holde dig i live ... Jeg ved, at du havde ... Hvis jeg ikke ..."

Riley vendte sig om, åbnede bagagerummet, hev sin kuffert ud og begyndte at gå.

"Hvad fanden laver du?! Kom nu bare ind igen, jeg lover at holde min kæft, indtil vi kommer hjem. Ikke et ord."

Riley stoppede op og så sig tilbage. Det var for mørkt til, at han kunne se hendes ansigt. "Hun tager sin egen taxa hjem. Hun har brug for at være alene."

"Kan du så ikke bare tage den her, og så ringer jeg efter en til mig selv."

Riley svarede ikke, men fortsatte med at gå. Han kunne høre hendes skridt. Klik. Han så den lille pige, han havde mødt for otte år siden. Klik. Hørte hendes grin for sig. Klik. Mærkede hendes bløde hud. Klik. De bløde læber. Klik. Hendes lillebitte hånd. Klik. Da han ikke længere kunne høre hendes skridt, følte han sig som en streg. En rund streg, forbundet med en lige streg, hvor der fortsatte to streger fra midten og fra bunden to mere. Han ville aldrig kunne få hende.

Kapitel 24

Syv dage. Det var så meget af sit normale liv, han havde tilbage. Syv. Syv dage er egentlig lang tid, men ikke når seks af dem allerede er gået. Riley havde stået i hans dør efter tre dage. Han havde slet ikke forventet, at hun var der mere, men det var rart med den rolige duft af jord i luften og de små fingre, der holdt om hans dørkarm igen. Hun fortalte ham om sin plan og spurgte ham, om han kunne være okay med det. På en eller anden måde. Jasper svarede nej. Hun spurgte igen. Stadig nej. Efter at hun var gået, stirrede han op i loftet og lovede sig selv ikke at tænke på det, hun lige havde sagt.

Det var rodet, og dengang havde han kun fire dage tilbage. Hun havde måske endnu mindre. De snakkede sammen. De råbte. Tallerkner blev smadret. De stirrede op i loftet sammen. Flere tallerkner blev smadret. Flere skænderier.

Der var der en dag, til han skulle af sted til New York. Af en eller anden grund havde han sagt til hende, at han godt ville være med. Kun fordi han vidste, at hun ikke ville bakke ud, og han syntes, hun burde være alene. Inden hun tog sit eget liv.

Varmen samlede sig som svedperler på Jaspers pande. Det var kun en dag siden, han var kommet hjem fra optagelserne af sit første realityshow. Absurd. Det var det eneste ord, han havde for, hvordan det var gået. Han fandt det frem fra spidsen af sin tunge, når nogen spurgte til turen. Absurd. Han havde set Riley, men hun havde ikke set ham. Hun havde åbenbart fundet en ny ven. En spinkel, lyshåret dreng, et par år yngre end hende. Drengen fulgte efter hende som en skygge. Han fik hende til at grine. Det var i hvert fald det, Jasper havde set, da han passerede dem. Rileys grin havde ramt ham med en knytnæve. Hun havde set tilbage på sin skygge og sagt noget, Jasper ikke kunne høre. Og så var de forsvundet fra hans synsvinkel.

Han overvejede, om han bare skulle lade hende være. De havde kysset hinanden, lige inden han var taget af sted, og så havde Riley sagt farvel. Måske mente hun mere med det farvel, end han først havde troet. Det gjorde hun nok. Hun ville videre sammen med den lyshårede skyggedreng og leve et normalt liv.

Han smilede for sig selv. Så let slap hun ikke for ham.

Jasper bankede på hendes dør. Hun ville gerne være et sted, hvor der ikke var nogen kameraer. Normalt ville alle deltageres huse blive udstyret med kameraer, men Riley var ikke en deltager, de ville bruge igen. Hun var for usleben.

Døren blev åbnet. Hun havde en knælang rød kjole med et sort bånd om livet på. Hun lignede en pige, der ville vælte i vinden, og øjnene var skrøbelige. Øjenvipperne lignede små blomsterblade, der samlede sig om en grøn kerne. "Hej."

"Hej." Det føltes, som om det var første gang, de mødtes, selvom det i virkeligheden var det modsatte.

"Kom ind." Hun trådte et skridt til venstre, så han kunne se ind. Der var blevet lagt et sort tæppe på gulvet og dækket op med paptallerkner og papkrus. På midten lå der to sandwicher.

Jasper satte sig på kanten af tæppet. Hun placerede sig ved siden af. Deres knæ strejfede hinanden.

"Hvordan går det?" spurgte han.

"Godt. Hun har det faktisk rigtig godt i dag." Riley tog hans hånd og flettede den ind i sin egen. Hun forsvandt næsten i hans store håndflade. "Hun er glad for, at du er her."

"Det blev jeg nødt til."

"Nej, det gjorde du ikke." Hun førte en hårtot om bag øret. "Er du sulten?"

Jasper rystede på hovedet. Mad var det sidste, han tænkte på. "Det er hun egentlig heller ikke." Riley lagde hånden på hans lår og så ned på hånden, mens hun gjorde det. Af en eller anden grund føltes det nyt for dem. Måske fordi det altid havde været aftaler. Første gang havde hun taget hans hånd, lagt ham på sengen og bedt ham om at få det overstået, så der ikke var nogen andre, der kunne få lov til at tage det væk fra hende. Det kunne de ikke give skylden længere.

"Hej fremmede." Han prikkede Riley på skulderen. *Hendes øjne udstrålede ikke glæde og heller ikke overraskelse. "Kan du huske mig? Vi var bedste venner, jeg tog til New York, og du overfaldt mig endda med det der sæt læber, lige inden jeg tog af sted."* Han blinkede. Ikke en ansigtsmuskel bevægede sig hos hende. *"Jeg hedder Jasper, hvis du skulle have glemt det."*

"Det ville være svært at glemme."

"Det er der jo nogle, der siger. Ikke at man kan bebrejde dem."

"Stop!" svarede Riley og tyssede på ham. De stod i en gyde bag et supermarked. Hun havde en pose med varer i hånden og klokken var tre om eftermiddagen.

"Med hvad? Jeg gør ingenting." Han tog en tot af hendes hår op og drejede den rundt imellem sine fingre.

Hun skubbede den væk. "Det der. Hvad fanden har de gjort ved dig i New York?"

"Hvad mener du med det?"

"At min Jasper aldrig ville ophøre sig så ... arrogant. Jeg bryder mig ikke om den kopi, de har sent tilbage."

"Vidste du egentlig, at jeg kom hjem for to dage siden?" spurgte han, som om han ikke havde hørt, hvad hun sagde.

"Ja. Jeg havde hørt det."

"Og alligevel stod du der ikke for at tage imod mig."

"Nej, jeg var der ikke til at tage imod resterne af dig. Du har været væk i næsten en måned, og ting forandrer sig. I øvrigt tror jeg, at min mor har ret i, at vi virkelig ikke burde ses. Vi er alt for forskellige, især nu."

"Har det noget at gøre med den lyshårede hundehvalp, der følger efter dig?"

Hun spændte hænderne sammen, før hun samlede sin indkøbspose op. Parat til at gå. "Nej, det har noget at gøre med, at du kalder folk, du ikke kender, for hundehvalpe." Hendes øjne så på ham på en måde, han aldrig havde regnet med, at de ville. De var fordømmende. Som om han var en beskidt skabning, der bare skulle holde sig langt væk. "Og en masse andre ting."

"Så det var bare det? Du smider seks års venskab væk, fordi din mor stadig ikke bryder sig om mig, og fordi det er gået op for dig, at vi er forskellige. Det er meget modent."

"Ved du hvad? Du kan finde mig, når du finder min ven Jasper et eller andet sted derinde. Ham vil jeg meget gerne snakke med." Hun begyndte at gå. Håret svingede efter hende i takt.

"Virkelig original replik, Riley! Hvad med at du bare finder mig, når du engang holder op med at opføre dig som en femårig?"

Riley reagerede ikke på det, men fortsatte ned ad gyden med en rank holdning. Det var det øjeblik, han senere ville tænke tilbage på. Han kunne have givet slip. Ladet hende fortsætte ned ad vejen, mod et andet liv. Hvis han virkelig, virkelig havde elsket hende, var det nok også det, han havde gjort. Så var det nok ikke endt, som det gjorde.

Riley fugtede læberne. Hånden på hans lår rystede.

"Er du nervøs?"

"Nej. Hun skal hjem." Hendes mundvige pegede mod loftet. "Det kan kun være godt."

"Er du sikker på, at du ikke bare vil ven…"

"Jasper, du lovede ikke at gøre det her." Hendes stemme blev bestemt. "Beslutningen er taget, og hun ombestemmer sig ikke."

Jasper svarede ikke. Han ville gerne gøre det til en god dag for hende, men det krævede alt i ham ikke at råbe og skrige af hende.

Han var vred, fordi hun traf det lette valg. Han var vred, fordi han ikke selv havde muligheden.

"I skal have den perfekte dag, okay? Der er ikke noget, der skal have lov til at ødelægge det," sagde Riley.

"Okay. Jeg skal prøve at holde min kæft."

"Hvis du ikke er sulten, kan I jo bare gå ind i sovekammeret. Der er lidt mere ... behageligt." Hun rødmede og flyttede hånden tilbage i sit eget skød. "Hvis du altså har lyst."

"Kom." Jasper rejste sig og rakte hende sin hånd. Hun tog imod den. Sengen var hård. Fjedrene, der stak dem i ryggen, var fulde af minder. Riley lagde sig inderst. Hun havde en fod på væggen, og ellers lå hun på midten, ved siden af Jasper. Deres arme rørte hinanden, og øjnene så op i loftet. Sammen.

"Det føles, som om hele verden snakker." Hendes øjne flyttede sig til Jasper, men han så stadig op. "Hun tror, at det er derfor, det altid bliver så akavet, når ingen snakker. Hvis hele verden gør en ting, burde man jo også selv gøre det."

"I halvdelen af verden sover de, Riley. Så hele verden kan ikke snakke."

"Det sagde hun heller aldrig, at den gjorde. Bare at det føles sådan." Hendes læber kyssede hans hals, og hun lagde armene om hans overkrop.

"Du har et pænt loft," mumlede han.

Riley grinede mod hans hals. "Tågesnakker."

Han svarede ikke.

"Se på hende."

Han rørte sig ikke. Hun kyssede hans kind. "Vil du ikke nok?"

Jasper drejede sit ansigt imod hende. Hendes mundvig blev trukket op i højre side, men øjnene var alvorlige. Deres læber fandt hinanden i små kys, og han trak hende tættere på. Satte sin hånd ved kjolens sorte bånd.

Kysset blev dybere. De havde aldrig kysset sådan før. Kjolen røg på gulvet. Den røde farve smilede til ham, mens hun guidede hans hånd op til sit bryst. Hun smilede mod hans læber, og han kunne mærke hendes hjerte slå i sin hånd. Resten af tøjet røg. Hun var hans, mens de lå der. Noget, hun aldrig havde været før. Den måde, hun hviskede hans navn og bevægede sig med hans krop. Alt var forsvundet i endorfiner. Det føltes, som om der ikke længere var noget loft, og der aldrig havde været nogen mærker. Han rullede om på siden, men hun havde stadig armen om ham. De sagde ikke noget, men hendes åndedræt var stadig tungt. Der var ikke nogen ringe med englevinger, eller roser, eller lange monologer om evig kærlighed. Det var i en lille seng, i et fattigt hus, med en pige, der ikke var perfekt. Jasper smilede, men smilet smeltede væk. Han fandt det frem igen. For hendes skyld. Han havde lovet hende den bedste dag. De brugte resten af dagen på at snakke, grine og kysse i sengen. Det lod endda ikke til, at hun lagde mærke til hans modvilje bag hvert et ord og ekkoet i hans latter. Måske ville hun bare ikke se det. For deres skyld.

"Kom," sagde hun, da det var blevet mørkt, og rejste sig fra sengen.

"Hvor vil du hen?"

"Vi skal ned til togskinnerne og plukke brombær."

Jasper fangede hende på vej hjem fra skole. Hun havde sin rygsæk på, og håret var blevet rødligt i solen. Bag hende gik den lyshårede dreng og kiggede på hende med forsigtige øjne. De havde ikke set hinanden siden episoden i gyden.

"Jasper, gå! Jeg gider ikke ..." sagde Riley, i samme øjeblik hun så ham. Hun var så vred, at hun ikke engang kunne færdiggøre sætningen.

"Jeg låner hende lige et øjeblik," mumlede Jasper til drengen og så tilbage på Riley. "Vi bliver nødt til at snakke sammen."

"Vi har allerede snakket."

"Kom nu for helvede bare," sagde han og bevægede sig væk fra drengen, der stod genert tilbage. Sukkende gik Riley efter. De gik ned ad en sti, indtil de ikke længere kunne se nogen mennesker.

"Hvad er det så, du vil?"

"Jeg har tænkt over det, og du har ret. De har gjort mig anderledes." Han stak hænderne i lommerne og så ned. "Jeg tror, at jeg har brug for en eller anden til at minde mig om, hvem jeg er, og hvem jeg ikke er."

"Kan du ikke finde en anden så?"

"Helst ikke. Vi har kendt hinanden i så lang tid, og jeg synes, det ville være synd at opgive vores venskab."

"Nogle gange må man være stærk nok til at give op."

"Ja." Han rømmede sig. Så op på hende og trak på skulderne.

"Men jeg har brug for dig."

Der var ingen brombær, da de kom til togskinnerne. Buskene var tørret ind, og ikke engang et lille bær var blevet tilbage. Hun prøvede at ignorerer det, fordi dagen skulle være perfekt, men han kunne se, at det stadig betød noget.

"Vi har fand'me gået her mange gange," sagde Jasper. Han havde armen omkring hendes spinkle krop.

"Det er mærkeligt at tænke på."

"Du kyssede mig for første gang lige her. Kan du huske det?"

"Ja. Og hun pegede den hvide ræv ud for dig her, første gang I mødte hinanden," sagde Riley.

"Det kan jeg godt huske." Han så på hendes ansigt. Hendes næse var rød, og der var rande under hendes øjne. "Det er lang tid siden."

"Ja. Meget." Hun stoppede brat op og gav ham et hurtigt kys. Læberne blev trukket sammen. "Det er sent, så det er nok bedst, at du går."

"Du får det til at lyde, som om det her er dit hjem," sagde han og ville gerne smile, men kunne ikke.

"Lidt måske. Du bliver i hvert fald nødt til at gå nu." Hun satte panden mod hans på en måde, så han vidste, at han var nødt til at bryde det løfte, han havde givet sig selv om aldrig at bruge ordet elske igen.

"Jeg elsker dig." Han havde lyst til også at bede hende om at blive, men hun havde allerede sagt uendelige gange, at hun ville af. Det eneste, han havde magt over, var, hvorvidt hun stod af glad eller ulykkelig. Han skulle jo også rejse i morgen, og så ville hun nok bare gøre det der. De kunne heller ikke stikke af, for de ville finde dem, og så ville der sikkert vente en værre hævn end første gang. Han blev bare nødt til at tage det, som det var. Som hun var.

"Elsker du hende?"

"Nej, dig. Jeg hader hende." Han kunne mærke hendes ånde mod sine læber. "Jeg elsker *dig*."

Rileys øjne blev blanke, men hun prøvede at smile. "Det ved hun. I lige måde."

Han kyssede hende igen, men hun skilte deres læber ad. "Du bliver nødt til at gå nu."

Jasper så forsigtigt på hende. "Farvel, Riley."

Han begyndte at gå, men kiggede sig hele tiden tilbage, indtil han ikke længere kunne se hende. Hans kinder blev trætte. Øjnene røde. Hagen våd. Han blev ved med at tænke, at hun måske ville tøve og komme tilbage. Måske ville hun finde ham om mange år, og han ville finde ud af, at hun aldrig havde gjort det. Det var en naiv tanke, men det var da en tanke.

Det var aftenen før, Jasper og Riley skulle af sted. De lå ryg mod ryg på Rileys madras. Rummet var pakket ind i et tyndt lag af ting, man ikke snakker om.

"Jeg tror faktisk, at jeg har brug for at vide, hvor mange der er i alt."

Han lagde hånden, så den balancerede ud over sengekanten. "Syvoghalvfjerds."

"Sygoghalvfjerds?

"Det er dem, jeg kan huske."

Hun tog en dyb indånding, og han kunne høre hende vende sig om. Mærkede nogle hænder på sin skulder. "Tæller jeg med?"

"Nej."

"Vi har da lige ..."

"Hold nu op, Riley," afbrød han hende og vendte sig om. "Du hører slet ikke under den kategori. Du har din helt egen lille liste."

"Liste?"

"Ja."

"Med et navn på. Øverst. Skrevet med røde bogstaver."

Epilog

12 år senere.

Det stormede udenfor. Regnen slog mod ruden, og skarpe lysglimt blev efterfulgt af en høj brummen.

"Far?" En lille niårig pige stod i døråbningen. Hun havde gyldent hår og brune øjne. Fra hendes hånd hang der en dukke. "Jeg kan ikke sove."

"Det gør ikke noget. Kom herop, Hayley." Jasper klappede på dobbeltsengen og gned sig i øjnene. Pigen kravlede op i sengen og ind under dynen. Hendes ansigt var rundt og uskyldigt. Hun lignede sin mor Grace.

"Hvor er mor henne?"

"Hun er på arbejde." Jaspers øjne blev alvorlige. Selvom han kun var i slutningen af tyverne, var hans hår alligevel begyndt at få et gråt skær. "Hun kommer hjem om nogle uger. Så bliver det normalt igen."

Der lød et tordenbrag, og Hayley krøb helt ned under dynen.

"Rolig, lille skat, du behøver ikke være bange. Det er ikke farligt," sagde han og aede toppen af hendes hoved, der stak op fra dynen.

"Far?"

"Hvad er der?"

"Fortæl mig et eventyr." Hayley så på ham med bedende øjnene. Resten af hende var gemt under dynen.

"Okay." Han blev ved med at ae hendes hår, mens han tænkte. Han smilede. "Og du lover ikke at afbryde?"

Hun nikkede skarpt.

"Der var engang en by, hvor indbyggerne blev terroriseret af en drage. Den havde spidse tænder og skæl, der kunne få selv de lykkeligste hjerter til at græde. Dragen kaldte hvert år et menneskebarn til sig og stillede det over for et dilemma. Ingen af børnene havde nogensinde fortalt, hvad der var sket bag dragens mur, men kort efter deres besøg døde et landsbymedlem. Sådan fortsatte det i tretten år, og på det fjortende år var det et pigebarn, der blev sendt ned til dragen. Hun havde mange mennesker kær og var berygtet for sit naive smil. Dragen hvæste og stillede årets dilemma: *"Barn-lille. For dine fødder ligger et spyd. Dræb mig, og du vil selv lide samme skæbne. Skån mig, og jeg vil i stedet udse mig et andet offer."* Pigen tænkte længe, indtil hun til sidst samlede spyddet op. Dragens overlegne blik frøs. *"Nu ikke så hurtig. Jeg lover at landsbymedlemmet ikke er en, du kender."* Pigen holdt fast i spyddet. *"Jeg lover også, at mit offer vil være gammelt og sygt. Ikke værd at redde, for din egen sjæl."* Hun sigtede med spyddet, men blev stoppet af en frygtsom hvæsen. *"Hvis du gør det, usle menneskebarn, tager jeg også din familie med dig. Hver og en vil de lide en pindefuld død!"* Pigen lagde spyddet og skulle til at gå tilbage til sin landsby, da hun så tilbage på dragen, der var så selvtilfreds, at den ikke lagde mærke til hendes sidste tøven. Hun løb hen til spyddet og slyngede det mod dragen. Hun hørte dens skrig, mens den faldt til jorden med forbandelser løbende fra munden. Hun faldt selv til jorden og mærkede døden indfinde sig i hendes krop med stor lidelse.

Landsbyen levede lykkeligt lige siden, fordi hun ikke gjorde."

Efter at have fortalt historien færdig så Jasper ned på sin datter. Hendes øjne udtrykte en blanding af utryghed og forvirring.

"Du må gerne stille spørgsmål nu," sagde han.

"Jeg forstår det ikke."

"Hvad er det, du ikke forstår, skat?"

"Hvorfor dræber hun dragen? Hvis hun ikke gjorde det, ville hun ikke dø," sagde Hayley.

"Så havde dragen jo taget en anden."

"Men det var en, der var syg. Så de ville alligevel skulle dø."

"Det er selvfølgelig rigtigt," svarede Jasper. "Men hvad så med året efter? Og året efter? Og året efter?"

"Jeg ville ikke have dræbt dragen," sagde hun bestemt. "Ville du, far?"

"Det tror jeg."

"*Ville* du?" spurgte Hayley chokeret. Det bragede udenfor igen.

"Selvfølgelig ville jeg ikke det," rettede han og kyssede hendes pande. "Du bliver nødt til at sove nu. Du skal i skole i morgen."

"Godnat, far."

"Godnat. Jeg elsker dig," mumlede Jasper og lagde sig med ryggen mod sin datter. Efter nogle minutter kunne han høre hendes sovende åndedræt. Han så på kaosset udenfor. Det tordnede igen. Først et skarpt lysglimt og nogle sekunder efter et brag. Når han tænkte på alle de blå mærker, og pigen, han ikke måtte tænkte på, vidste han godt, at han ville have dræbt dragen. Ikke at det ville være et nemt valg. Han ville bare *aldrig* have, at nogen andre behøvede at stå med sådan et valg igen.